1

Und Bielefeld gibt es doch!

Mörderische Geschichten aus dem Teutoburger Wald

Sandra Terzenbach

Mai 2017

9 783744 817356

Die Deutsche Nationalbibliothek verzeichnet diese
Publikation in der Deutschen Nationalbibliografie;
detaillierte bibliografische Daten sind im Internet
über http://dnb.dnb.de abrufbar.

Herstellung und Verlag:
BoD – Books on Demand, Norderstedt

Vorwort

Sehr geehrter Leser,

vielen Dank, dass Sie sich für meine Krimi-Komödien interessieren!

Schon immer habe ich gerne Krimis gelesen und es hatte einen großen Reiz für mich, Krimis, Hunde und einige Elemente aus meinem Leben miteinander zu verbinden. All diese Geschichten enthalten zwar keine realen Geschehnisse, aber ich wurde durchaus von Ereignissen und Personen zu diesen inspiriert. Großen Spaß hat es mir bereitet, mich selbst sowie Charaktere aus meinem Umfeld ein wenig „auf die Schippe" zu nehmen.

Die Namen sind natürlich fiktiv.

Hoffentlich haben Sie soviel Spaß beim Lesen wie ich beim Schreiben hatte!

Liebe Grüße
Sandra Terzenbach

Der Tod war schneller

Valerie lernten wir kennen, indem sie sich an unsere Mensch-Hund-Gruppe hängte, nachdem sie aus Düsseldorf nach Bielefeld-Brackwede zu ihrer – laut ihrer eigenen Aussage – großen Liebe gezogen war. Nach einer unglücklichen Ehe, die mit Gewalt und Schlägen einherging, hatte sie nun endlich Mr Right gefunden. Sie tauchte irgendwann auf der Hundewiese auf, textete uns voll und blieb bei uns hängen. Ob uns das nun gefiel oder nicht. Zugegeben, sie war nicht extrem unsympathisch, sondern nett und hilfsbereit. Trotzdem weder auf meiner Welle noch auf der von jemand anders, der regelmäßig vormittags mit uns lief. Meine leichte Distanz hinderte Valerie allerdings nicht, die Freundschaft, die sie ihrerseits offenbar empfand, zu vertiefen. Da ich sie nicht vor den Kopf stoßen wollte, da sie ja – wie erwähnt eine nette und hilfsbereite Person war – führte ich also eine Art Zwangs-Freundschaft.

Heute ist strahlendes Wetter, wir haben uns wie jeden Vormittag, im großen Freilaufgebiet zwischen Stieghorst und Gadderbaum getroffen. Unsere Hunde toben über die Wiesen, genießen die Sonnenstrahlen. Besonders genieße ich, dass Valerie mit ihrem

Lebensgefährten Tobias im Urlaub in den den Bergen ist. Während wir ein paar Späßchen in unsere Diskussionen mischen und Wortspiele veranstalten, schlendern wir Richtung Tennisplatz und auf einmal stoppt ein Auto auf dem angrenzenden Parkplatz. Das Auto kennen wir: Valerie! Aber sollte sie nicht in Urlaub sein? Offensichtlich nicht, denn sie springt aus dem Auto. Etwas scheint nicht zu stimmen, denn sie fällt der nächstbesten Person um den Hals: Brigitte. Schluchzend stößt sie hervor: „Er ist tot!" „Tot? Wer?" Niemand von uns kann sich einen Reim darauf machen, wer gestorben sein soll. Sie beruhigt sich, holt ihre Hunde aus dem Auto und beginnt, schwankend zwischen unheimlicher Ruhe und Schluchzern zu erzählen: „Alles war prima, der Urlaub so schön! Wir haben Spaß gehabt und Tobias' Bruder, der mit uns gefahren ist, sagte noch, er freue sich, dass Tobias nun endlich sein Glück gefunden hat. Und gestern Nacht wachte ich auf, und Tobias atmete nicht mehr. Ich habe den Notruf gewählt und Tobias' Bruder und der Notarzt haben versucht, ihn wieder zu beleben. Aber er ist tot geblieben!"

Entsetzt sehen wir uns an, sind vollkommen erschüttert. Brigitte nimmt Valerie in den Arm, sie kann besonders einfühlsam sein. Ich selbst streiche ihr über den Arm, nicht sicher, was ich sagen soll. Karl murmelt vor sich hin. Auch die Hunde sind verhältnismäßig brav, sie merken, dass die Stimmung sehr gedrückt ist.

„Was war denn die Todesursache?" frage ich schließlich. „Das Herz", antwortet Valerie. Komisch, denke ich, so ein junger Mann, gerade Mitte 40 und stirbt an Herzversagen?! Wir trösten Valerie noch ein wenig, sie spricht viel mit Brigitte, die ihr geduldig zu hört und einfühlsame Dinge sagt.

In den folgenden beiden Tagen versuchen wir, Valerie wirkliche Freunde zu sein.

Die Beisetzung von Tobias, der übrigens Teilhaber einer erfolgreichen Fabrik, einem der größten Arbeitgeber Ostwestfalens, soll nach einer Woche auf dem Sennefriedhof stattfinden.

Wir haben uns vorgenommen, Valerie dort beizustehen. Allerdings werden wir sehr überrascht, denn als Valerie am vierten Tag nach Tobias' Tod aus dem Auto steigt, ist sie nicht allein. Ein Mann, etwa in Valeries Alter, steigt mit aus. Mit ihm ein dritter Hund. Nun gut, ist ja nett, dass ein Verwandter von ihr aus Düsseldorf gekommen ist, um sie nun in der schweren Zeit zu unterstützen.

„Hallo, Ihr Lieben! Das ist Marvin, mein Ex-Mann! Als er gehört hat, dass Tobias gestorben ist, hat er sich sofort ins Auto gesetzt und ist zu mir gekommen!" Komisch, uns hat sie immer erzählt, dass der Kerl ein Arschloch war, sie unterdrückt und misshandelt hat und sie keinen Kontakt haben, er noch nicht einmal weiß, in welcher Stadt sie nun wohnt... Wir alle stehen etwas deppert dort, murmeln Tageszeit und Vornamen. Valerie und Marvin gehen Hand in Hand während des Spaziergangs („Denkt Euch nichts dabei, mein Blutdruck macht momentan immer wieder schlapp und mir ist schwindelig!") und besprechen dabei ihre Zukunftspläne. Da Marvin nicht arbeitet, ist er von Jetzt auf Gleich zu Valerie gezogen und die beiden planen, eine Tier-Pension zu eröffnen. Sehr detailliert erzählen sie uns, was sie geplant haben. Geld ist nicht das Problem, denn Valerie steht laut Testament eine Apanage von 2.000,- Euro monatlich zu aus ihrer Lebensgemeinschaft mit Tobias.

Ich muss gestehen, dass mir das alles sehr merkwürdig vorkommt: Wer hat schon so genaue Vorstellungen von der Zukunft, wenn seine/ihre große Liebe vor ein paar Tagen gestorben ist? Wie schnell kann ein Ex-Mann, der weder Kontakt hat, noch weiß, wo man wohnt, herausfinden, dass die große Liebe gerade gestorben ist? Und wie schnell hat man alle Differenzen, deretwegen man sich ursprünglich scheiden ließ, bereinigt, zieht zusammen und hat ausgefeilte Pläne miteinander?! Ich komme mir, gelinde gesagt, verarscht vor.

Zuhause bespreche ich das alles mit Michael. Wir sitzen im Garten, trinken eine Saftschorle, die Hunde liegen gemütlich auf Liegen und Liegenstühlen verteilt, während wir auf Stapelstühlen sitzen. Leider ohne Auflagen, da die Hunde diese unter ihren Köpfen haben. Auch er findet das alles sehr seltsam. Wir sind wohl belogen worden...
Irgendwann kommt mir DIE Erklärung: „Valerie hat Tobias ermordet!" „Ermordet?", echot Michael zweifelnd. „Ja, ermordet. Überleg doch mal: Valerie bekommt für Nichtstun jeden Monat 2.000,- Euro. Bis an ihr Lebensende – oder bis die Fabrik Pleite geht", füge ich noch sarkastisch hinzu. „Meinst Du wirklich, das ist ein Grund, ihre große Liebe umzubringen? Sie sagte doch, dass sie unglaublich glücklich miteinander seien." „Und wenn sie es nicht waren?! Vielleicht ist sie nur aus finanziellen Gründen mit Tobias zusammen gewesen. Oder er wollte sich von ihr trennen! Vielleicht haben sie gestritten! Wir wissen nur, was Valerie uns erzählt hat. Und sie hat uns immerhin auch erzählt, dass sie zu ihrem Ex keinerlei Kontakt habe!" Michael wirkt etwas überzeugter. „Nun ja, der Gerichtsmediziner..." „Gerichtsmediziner? Die gehen

von einer natürlichen Ursache aus! Da wird keine Obduktion gemacht! Das wird NIE rauskommen! Das ist der perfekte Mord!" Ich rede mich in Rage, bin vollkommen empört und außer mir.

Nach einer Weile, die wir diskutieren, uns an Dinge erinnern, die gesagt oder getan worden waren, sind wir beide der festen Überzeugung: Valerie hat Tobias umgebracht. Nur – was nützt uns diese Erkenntnis?! Gar nichts! Ich kann Valerie nicht einmal wirklich aus dem Weg gehen! Wir überlegen, ob wir auch Gefahr laufen, von der schwarzen Witwe um die Ecke gebracht zu werden, kommen aber zu dem Schluss, dass sie dadurch keinen Vorteil habe – sofern wir ihr nicht auf die Nase binden, dass wir sie durchschaut – entlarvt – haben. Es bleibt uns also nichts anderes übrig, als zu tun, als wäre alles in bester Ordnung...

Die Beerdigung, bei welcher ich einen Virus vorschütze, geht vorüber. Ich habe Valerie per Fleurop ein Blumenbukett schicken lassen.

Auch die weiteren Tage vergehen. Marvin holt seine Sachen aus Köln, wo er nach der Trennung wohnte, und richtet sich bei Valerie ein. Die beiden sehen sich immer wieder Immobilien an, um ihre Hunde-Pension zu eröffnen. Sobald Valerie versucht, sich mit mir zu verabreden, erfinde ich eine Ausrede. Leider werden diese mit der Zeit immer lahmer und Valerie sagt irgendwann ganz richtig: „Du gehst mir aus dem Weg!" „Nein, auf keinen Fall..." „Doch. Und heute Abend kommst Du mit Michael und den Hunden zu mir. Keine weitere Ausrede diesmal!" Geschlagen erfahre ich, dass wir um 19:00 Uhr erwartet würden.

Nachdem wir eingetrudelt sind, bekommen wir erstmal Kaffee serviert – aus einer chicen neuen Maschine, die alles kann: Cappuccino, Espresso, Latte Macchiato – nur normalen Kaffee anscheinend nicht. Dann schlage ich vor, beim Chinesen zu bestellen. Valerie hat angeboten, ein Essen zu zaubern, sie habe extra dafür eingekauft. Aber ich möchte nichts riskieren und behaupte, ich hätte einen Riesen-Appetit auf Chinesisch. „So ein Zufall!" strahlt Valerie. „Ich habe alle Zutaten für verschiedene chinesische Wok-Gerichte gekauft!" Nun gibt es leider kein Zurück und ich kann nur hoffen, dass Valerie Tobias wirklich nur aus Habgier umgebracht hat und nicht eine irre Serienmörderin ist wie die drei normal wirkenden alten Damen in „Arsen und Spitzenhäubchen"... „Möchte einer von Euch vielleicht ein Glas Wein?" bietet Marvin an. „Nein!", ich trete Michael vor das Schienbein und sehe ihn streng an. Während Marvin Valerie in die Küche folgt, zische ich „Wir müssen so aufmerksam wie möglich bleiben!" Das sieht Michael ein. „Wir sollten vielleicht einen Blick drauf werfen, was die so ins Essen werfen!", zischelt er zurück. Für uns beide steht fest, dass Marvin seine (Ex-)Frau zu genau kennt, um nicht in den Mord verstrickt zu sein. Also gehen wir abwechselnd unter Vorwänden in die Küche. Unsere Hilfsangebote beim Schnippeln und Zubereiten wurden leider abgelehnt. Dabei kann ich sehr gut kochen – meine Hunde sind immer wieder begeistert!

Irgendwann ist das Essen fertig. Beide zwängen wir uns minimale Portionen hinunter. „Ich dachte, Du hättest so einen Riesen-Japp auf Chinesisch?" wundert sich Valerie an mich gewandt. „Ja, ach, ich habe irgendwie ein wenig Magendrücken. Keine Ahnung, auf einmal. Kommt manchmal wie angeflogen!" stammele ich.

Wir spielen noch ein Gesellschaftsspiel. „Black Stories" – hier zieht ein Spieler eine Karte, liest einen kuriosen Satz vor und mit Fragen, die nur mit „Ja" oder „Nein" beantwortet werden dürfen, müssen die Mitspieler einen Kriminalfall rekonstruieren. Für meinen Geschmack ein wenig makaber.
Ich habe das Gefühl, der Abend zieht sich unendlich

in die Länge. Aber wir müssen Normalität vorgaukeln, sonst laufen wir Gefahr, umgebracht zu werden!

Die Hunde dösen vor sich hin.

Irgendwann gehe ich zur Toilette. Auf dem stillen Örtchen finde ich eine Zeitung. Darin sind Stellenanzeigen sowie Mietangebote angestrichen. Natürlich kann ich, neugierig wie ich bin, meine Klappe nicht halten. „Wollt Ihr umziehen? Suchst Du einen Job, Marvin? Wolltet Ihr nicht eine Hunde-Pension eröffnen?" „Wir wollen nicht, wir MÜSSEN umziehen. Und ja, wir suchen beide einen Job. Eine Hunde-Pension werden wir nicht eröffnen können. Nicht von 2.000,- Euro plus Arbeitslosengeld von Marvin. Bis eine Pension Geld abwirft, dauert es ja eine Weile, und dazu kommt, dass wir einen Kredit für eine entsprechende Anlage abzahlen müssten. Und richtig – auch hier müssen wir raus. Die Miete beträgt warm 1.750,- Euro. Das können wir uns nicht erlauben. Zwar übernimmt Tobias' Bruder die Hälfte, aber er hat klar gesagt, dass er das nur ein halbes Jahr tun wird. Das hält er für einen angemessenen Zeitraum, eine neue Bleibe mit drei Hunden zu finden! ...von denen einer noch ein Anlagehund ist..." stößt Valerie bitter hervor.

Ich bin augenblicklich beschämt, da mir durch diese Worte die Augen geöffnet wurden! Valerie HAT Tobias gar nicht umgebracht! Ich habe mich völlig verrannt! Tobias ist viel zu früh gestorben! Nach einer Heirat hätte Valerie das komplette Vermögen – Millionen – geerbt! Jetzt bekommt sie „nur" 2.000 Euro – von denen sie ihre Krankenversicherung und alle Lebenshaltungskosten bestreiten muss! Das ist nicht eben viel nach Abzug der KV! Valerie ist unschuldig! Marvin ebenso! Im Stillen schelte ich mich, so ein Misstrauen gegen diese arme Frau gehegt zu haben. Sicherlich gibt es für alles andere auch eine Erklärung. Ich habe nur viel zu schlecht von den beiden gedacht! „Wir hören uns selbstverständlich auch für Euch um", versichere ich.

Während einer Pause, die darin besteht, dass Marvin nun doch einen Wein für mich holt und Valerie Chips-Nachschub, raune ich Michael diesen Schluss zu. Er nickt.

Noch einmal möchte ich das stille Örtchen aufsuchen. Ein wenig neugierig werde ich, als ich Valerie und Marvin in der Küche flüstern höre „...wenn seine verdammte Herzerkrankung uns nicht viel zu früh einen Strich durch die Rechnung gemacht hätte, hätten wir diese Sorgen heute nicht. Es hätte nach der Heirat ja nur ein gewaltiger Schrecken ausgereicht, um Tobias ins Jenseits zu befördern..." Valerie stößt diese Worte aus. Ich trete in die Küche, sehe das hasserfüllte Gesicht und weiß in dem

Moment, dass der Tod nur schneller war...

Und noch ein Bielefeld-Krimi

Genervt tripple ich von einem Fuß auf den anderen.
Mir ist kalt. Jahrhundertealte Ketten und Eisenringe
in alten Wänden. Foltergeräte. Hier waren Menschen
eingekerkert. Ich bilde mir ein, Blut zu riechen.
Schreie zu hören. Das Ächzen und Stöhnen der
Unglücklichen, die hier gefangen waren und gequält
wurden. Ich befinde mich auf einer Touristen-Führung
in den Katakomben der Sparrenburg. Nach dem Gang
in den Kerker geht es noch auf den Turm und danach
haben wir das „Krimi-Dinner" in der Sparrenburg
gebucht. Wir feiern Geburtstag. Meine Freundin
Nadine hat Geburtstag – wie könnte ich fern bleiben?!
Unsere Nadine mit ihren Ideen... Letztes Jahr hat sie
uns in den Bielefelder Hof eingeladen! Diesmal ist es
die Sparrenburg! Zuhause warten meine Hunde darauf,
dass ich mich mit ihnen und einem guten Buch auf die
Couch kuschele.

Auf dem Turm angekommen blicke ich um mich und
überall, wohin ich sehe, springt mir Gadderbaum ins
Auge! Der Schleim von Bielefeld! Meine Laune geht auf

den Tiefpunkt zu. Ich hoffe, dass ich die Geburtstagsfeier schnell verlassen kann. Wäre Nadine nicht eine so gute Freundin... Auf das Krimi-Dinner habe ich mich gefreut, aber ich bin inzwischen so durchgefroren, dass ich mich nur noch nach einer heißen Badewanne sehne. Und egal, in welche Richtung ich mich drehe und wende – ich sehe Gadderbaum! Können wir nicht endlich beginnen zu essen?!

„Krimi-Dinner" bedeutet übrigens, dass man zum Abendessen geht und dabei eine Krimi-Vorführung bekommt, deren Lösung die tafelnden Gäste mit erraten dürfen. Für so etwas habe ich ein Faible; ich liebe Krimis, besonders die alten Schinken von Agatha Christie. Also versuche ich, das Positive zu sehen, nämlich, dass ich mir gleich einen Tee und einen Likör bestelle und innerlich aufgewärmt werde. Und dann gemütlich schmausend über Profile diskutiere und rätsle.

Endlich ist die Führung beendet und wir gehen mit der gesamten Gruppe ins Sparrenburg-Restaurant. Die Tischordnung hat Nadine festgelegt. Neben mir sitzt ein langweiliger Typ, Steuerberater von Beruf. An meiner anderen Seite sitzt mein Angetrauter. Er grinst in sein Glas, als ich die Augen genervt verdrehe, weil mein Tisch-Geselle der anderen Seite über die neuen Online-Formulare für das Finanzamt fachsimpelt. Da hätte Nadine ja gleich Oberbürgermeister Pit Clausen neben mir platzieren können! Aber die Gute wird ja wohl wissen, warum sie wen eingeladen hat. Ich dachte immer, die meisten der geladenen Gäste seien schlagersingende, feuchtfröhliche Partylöwen.

...und dann tauchen auch die Krimi-Darsteller auf. Eine sympathische Truppe, die in Kleidern der 60er Jahre gekleidet ist. Das Stück beginnt. Ich höre dem noch immer schwadronierenden Steuerberater nicht mehr zu (nicht, dass ich das wirklich vorher getan hätte) und konzentriere mich auf das Stück, während ich es mir schmecken lasse. Es handelt von einem Mord an einem zwielichtigen Millionär. Eine abstruse Handlung, völlig abwegig. „Der Gärtner ist der Mörder!", ruft Ronnie gerade, Nadines frisch angetrauter Ehemann. Bewundernd blicken ihn alle an. „Schlau wie ein Fuchs!", ruft Brigitte von hinten. Sogar der Steuerberater hält endlich mal mit seinen Monologen inne.

Und dann plötzlich! Neben mir gurgelt es! Der Steuerberater sieht auf einmal sehr seltsam aus.

Zittert. „Durst!", würgt er noch heraus. Krämpfe schütteln ihn. Er fällt mit dem Kopf in das Dessert. Schade drum, denn es ist ein schönes Tiramisu. „Welche Verschwendung!", denke ich zuerst. Dann komme ich zu mir und frage: „Hallo? Geht es Dir gut?" Nach einer Schock-Minute werden alle hektisch. Der Steuerberater wird aus dem Tiramisu gezogen, man fühlt seinen Puls – es ist keiner mehr vorhanden. Ich selbst habe das Gefühl, neben mir zu stehen.

Die Polizei trifft ein. Das Restaurant ist ein Tatort. Niemand weiß, was genau geschehen ist. In einem Nebenzimmer werden wir alle einzeln vernommen. Ich selbst sowie der Tischnachbar zur anderen Seite des Steuerberaters – der Steuerberater heißt übrigens Rudolf, wie mir wieder einfällt – und die beiden Gegenübersitzenden haben ebenso wenig gesehen wie alle anderen Geburtstagsgäste. Ehrlich gesagt habe ich versucht, den Langweiler zu überhören und zu übersehen und vermute stark, dass es den anderen ebenso gegangen ist.

Nachdem wir unsere Aussagen getätigt haben, sind alle so schlau wie zuvor und wir können nach Hause gehen. Es ist spät geworden. Zu Hause angekommen, schnell noch eine Pipi-Runde mit unseren Hunden. Manu und Acaro ist es zu spät und zu kalt und sie sind bockig wie Esel; Wilbert trabt bei jedem Wetter begeistert mit. „Was glaubst Du, woran dieser… ähm, Steuerberater gestorben ist?" fragt mich Michael, mein Mann. „Rudolf, meinst Du? Keine Ahnung. Vielleicht eine Lebensmittelunverträglichkeit. Leute haben Allergien z. B. gegen Nüsse; sie ersticken dann auch mal daran." „Klingt logisch", gibt mein Gatte zu und wir machen uns auf und gehen schlafen.

Natürlich sind wir ein wenig aufgeregt, da nicht jeden Tag jemand neben uns tot in einen Pudding kippt, und so lesen wir die Nacht hindurch. Krimis. Was sonst?! Während ich die alten Schmöker von Agatha Christie, aber auch Susan Conant, Carlene Thompson oder Wendy Morgan, bevorzuge, um nur einige modernere aufzuzählen, liest mein Ehegespons lieber über Computerkriminalität.

Eine Woche später, nachdem wir den Fall beinahe geistig abgehakt haben, erhalten wir Vorladungen zur Polizei. Beide werden wir zu getrennten Verhören eingeladen. Auf Nachfrage bei Nadine und Ronnie erfahren wir, dass alle Geburtstagsgäste vorgeladen worden sind.
Glücklicherweise sind unsere Verhöre nacheinander

angesetzt, so dass wir gemeinsam zur Polizei fahren können. Schließlich will in der Innenstadt ein Parkplatz gefunden werden! Auf dem Kesselbrink gibt es ja längst keinen Parkplatz mehr.

Auf der Wache erfahren wir, dass Rudolf umgebracht worden ist. In seinem Essen war Glykol – Frostschutzmittel. Es schmeckt süßlich. War es vielleicht im Dessert? Die tödliche Wirkung tritt nach einigen Stunden ein, womit wir Geburtstagsgäste nicht verdächtig sind - sofern wir nicht schon vorher Stunden mit Rudolf verbracht haben! Noch mehr Stunden?! Dann wäre ICH tot gewesen – vor Langeweile! Woher Nadine und Ronnie Rudolf kennen, weiß ich nicht (was sie an ihm finden, schon gar nicht), aber mir ist der Typ bislang gänzlich unbekannt gewesen.

Allerdings muss ich gestehen – ich werde neugierig! Das ist leider mein größtes Manko: meine Neugier und das Zusammensetzen von Rätseln. Im Fernsehen sehe ich mir gerne „Profiling Paris" und „Criminal Minds" an und rate mit. Genauso gern spiele ich „Black Stories" – das Lösen von ziemlich abwegigen Kriminalfällen. Also packt mich das Rate-Fieber auch jetzt.

Am nächsten Tag nach dem Gassi-Gang mit unseren

Hunden an der Ochsenheide fahre ich bei Nadine vorbei. Auf eine Tasse Tee. Als Schriftstellerin kann ich mir meine Zeit so einteilen, wie es mir gefällt. Es kommt ihr unter den gegebenen Umständen nicht seltsam vor, dass ich mehr über Rudolf erfahren möchte. Sie erzählt bereitwillig, was sie weiß. Der Typ war ihres Wissens nach ledig (natürlich – welche Frau oder welcher Mann hätte schon den Wunsch gehabt, sich von dem langweilen zu lassen?!), hatte keine Haustiere (damit habe ich auch nicht gerechnet), wohnte in einer Villa in Gadderbaum (da ist es wieder mal – Gadderbaum!), verbrachte aber die meiste Zeit im Steuerberatungsbüro. Hier spielte sich sein Leben hauptsächlich ab. Das ist ja oft bei erfolgreichen Leuten so, denn erfolgreich war er offensichtlich. Nadine erzählt mir, dass er auf seinem Gebiet ein absolutes Genie gewesen sei. Ich frage sie dann auch leicht erstaunt, wie sie sich einen der führenden Steuerberater Bielefelds denn leisten könne und erfahre, dass Ronnie mit Rudolf in den Kindergarten gegangen sei und sie den Kontakt aufrechterhalten hatten. Er machte stolze Summen beim Finanzamt für sie geltend, sie selbst luden ihn dann schon mal ein. Aber wer sollte den Wunsch haben, so jemanden umzubringen?! Wenn man sich zu sehr gelangweilt fühlt, kann man ja einfach aufstehen und gehen. Wem hat dieser fade Typ, der nur für seine Arbeit lebte, weh getan?! Kennt man das Motiv, kennt man auch den Mörder. Eine alte Kriminalisten-Regel. Also im Handumdrehen gelöst der Fall! Die häufigsten Motive sind Geld oder Liebe. Hat also ein Finanzbeamter Rudolf ermordet, weil der Stadt Bielefeld zuviele Steuern durch die Lappen gegangen waren aufgrund seines fachlichen Könnens?

Kurz danach fahre ich zu Rudolfs Villa, die in der Nähe des Botanischen Gartens liegt. Natürlich liegt auch der Botanische Garten in Gadderbaum! Durch den Dschungel von Baustellen und dadurch gesperrten Straßen und Umleitungen ist das gar nicht so leicht. Bielefeld - die freundliche Großbaustelle am Teutoburger Wald! Warum ich überhaupt zu Rudolfs Wohnort fahre, weiß ich selbst nicht. Es ist ja nicht so, als würde ich zuerst handeln und dann denken – nein! Impulsivität ist ein Fremdwort für mich, Besonnenheit mein zweiter Vorname! Warum ich häufig in Schwierigkeiten oder in Erklärungsnot gerate, weiß ich selbst nicht. Apropos Erklärungsnot: ich sehe, dass drei niedergedrückte Gestalten Kisten aus dem Haus tragen. „Oh, ist Rudolfs Villa verkauft?" rutscht es mir heraus. Ein älterer Herr legt (s)einer Frau den Arm um die Schultern. „Nein", sagt er leise und blickt zu Boden. Ich schlucke. Langsam sehe ich die andere Seite – Rudolf, der Langweiler, war ein Sohn, ein Bruder, ein Cousin, ein Freund von jemandem gewesen. Manchmal vergisst man seine Menschlichkeit. Bedrückt murmele ich „Mein Beileid", was die kleine alte Dame veranlasst, zu fragen: „Sind Sie eine Freundin gewesen?" „So ähnlich", ich möchte ihr den Glauben nicht nehmen, dass Rudolf nicht alle Welt zu Tode gelangweilt hat. „Möchten Sie sich gern ein Andenken aussuchen?", fragt sie mich. „Nein, danke. Aber wenn es Ihnen Recht ist, setze ich mich eine kleine Weile rein und nehme Abschied." Mich interessiert es, ob in der Villa etwas mehr von seiner Persönlichkeit zu erkennen ist – außerdem gehen Kriminologen auch immer an den Wohnort des Ermordeten. Es wird mir gestattet, und ich betrete ein großzügiges Wohnzimmer. Spärlich, aber modern eingerichtet. Wie aus einem „Schöner Wohnen"-Magazin für den Junggesellen. Chrom, Leder und moderne Technik geben sich ein Stelldichein. Beeindruckend, aber ich mag es persönlich lieber gemütlich, plüschig und farbenfroh.

Während ich so sitze und nachdenke, fällt mein Blick auf ein gerahmtes Foto. Eine – in meinen Augen - grottenhässliche Frau ist darauf zu sehen. Gut, sie versucht wohl, etwas aus sich zu machen. Farbige Kleidung und blonde Farbe im Haar sollen ihr ein moderneres, feminines Aussehen verleihen. Ihr fehlt aber offenbar das Händchen... Und ich finde ja, dass man die Natur nicht komplett austricksen kann. Die jüngere Dame mit einem wachen Gesicht, die gerade herein kommt, frage ich, ob das eine Anverwandte Rudolfs sei. „Aber nein, das ist seine Freundin. Warum mein Bruder" – aha, sie ist also die Schwester, wieder ein wenig klüger; aufgrund ihres ausgefallenen Kleidungsstils und der Tätowierungen, die unter den aufgerollten Ärmeln hervorschauen, hätte ich sie niemals für die Schwester des Steuerberaters gehalten – „mit ihr zusammen war, weiß ich nicht. Irgendwie schien er ältere Frauen ja zu mögen. Sie ist übrigens Anwältin. Macht sie mir nicht gerade sympathischer." Angewidert verzieht sie den Mund. Rudolfs Schwester ist eine sehr offene Frau, die aus ihrem Herzen offenbar keine Mördergrube macht. Das - und ihr legerer Stil - nehmen mich für sie ein. „Räumen Sie deshalb schon die Villa aus? Um es hinter sich zu bringen?" „So in etwa. Außerdem", sie verzieht den Mund zu einem bitteren Lächeln. Sie stockt. „Er hat mich als Erbin eingesetzt. Wir standen uns nahe, und Rudolf hat mich immer ein wenig unterstützt. Sollte ihm etwas passieren, wollte er mich versorgt sehen, sagte er immer. Ich wollte das alles gar nicht – solche Themen deprimieren mich. Rudolf war doch noch so jung... Da denkt man nicht an den Tod. Aber so war er eben. Rechnete immer mit dem Schlimmsten und sicherte alles doppelt und dreifach ab." Dass Rudolf alles sicherte, fand ich nicht ungewöhnlich für Menschen wie ihn. Vielmehr überraschte mich die Tatsache, dass die beiden so unterschiedlichen Geschwister sich nahe gestanden haben sollten. Aber wer bin ich, dass ich das beurteilen könnte?! Offenbar hatte Rudolfs Schwester Redebedarf. Sie fuhr fort: „Wissen Sie, ich bin allein erziehend. Da hat man es schwer, an Jobs zu kommen. Ohne Rudolfs Unterstützung wären Mariechen und ich verloren gewesen. Mariechen ist meine Tochter." Letzteres dachte ich mir schon. „Bis zu seinem Tod war ich die einzige, die wusste, dass er diese Suse heiraten wollte. Aber dass er ihr die Villa überschrieben hat – davon wusste ich nichts! Das habe ich jetzt erst erfahren. Ich hätte ihm eine interessantere Frau gewünscht. Eine lebhafte, die ihn mitziehen würde. Aber sein Frauentyp war nun mal die konservative Ecke, um es freundlich auszudrücken. Irgendwie hatte ich sowieso nie ein gutes Gefühl bei der Frau. Sie wirkt so aufgesetzt auf mich." Sie rutscht ein Stück von der Couchlehne ab, greift hinter sich und zieht

25

aus der Ritze einen weißen Baumwollschlüpfer mit Rippenmuster. Wir sehen uns angewidert an. „Das ist wohl so ein typischer Slip, den solche Frauen tragen", meint sie. „Kennen Sie sie gut?" „Nein, gar nicht gut. Suse mag mich genauso wenig leiden wie ich sie. Natürlich hat sie das Rudolf nicht gezeigt. Aber es war immer unterschwellig zu spüren, wenn wir uns begegneten. Selbst Marie fiel das auf. Sie fragte mich immer, warum die Frau sie nicht mochte." Sie schüttelt betrübt die pechschwarze (unechte) Haarpracht. Irgendwie scheint es, als hätte ich mich mit Rudolfs Schwester anfreunden können, hätten wir uns unter normaleren Umständen kennengelernt. Ich meine sogar, dass sie mir irgendwie bekannt vorkommt. Lili, so heißt Rudolfs Schwester, ist offensichtlich das genaue Gegenteil von ihrem Bruder, was ich als sehr erfrischend empfinde.

Als ich die Villa, in die ich mich so dreist eingeschlichen habe, verlasse, treffe ich auf dem Parkplatz besagte Juristin. Sie zetert lautstark herum, während sie vor meinem Auto steht. An der Leine hält sie einen ebenso geifernden kleinen Hund. Aus dem Geschrei schließe ich, dass ich auf ihrem Parkplatz geparkt habe. Es ist zwar genug Platz in der Einfahrt, aber vielleicht braucht sie eine stärkere

Brille. Und Autofahren ist ja bekanntlich auch Glückssache! Mit einem „Nun kriegen Sie mal keinen Herzinfarkt – oder doch!", steuere ich mein Auto, das äußerlich „geht so" aussieht und innerlich vor Dreck und Hundehaaren starrt, aus der Parklücke und freue mich, nach Hause zu den Verursachern der Schmutzspuren zu kommen. Auf unserem Nachmittags-Gang, den wir diesmal in Lämershagen im Eisgrund absolvieren, lassen mich die Fakten nicht los. Ein Steuerberater, der nur für seine Arbeit lebte; eine potentielle Ehefrau, die seine Villa geschenkt bekommen hat und eine Schwester mit viel Pech im Leben, die keine Villa bekommt und die bis zu seinem Tod die Einzige war, die wusste, dass er heiraten wollte und die ihr Bruder behütet und unterstützt hatte. Normal wirken Wald-Spaziergänge erdend auf mich und reinigen meine Gedanken. Heute nicht. Meine Gedanken kommen einfach nicht zur Ruhe. Dabei müsste ich mich dringend um die Recherchen für die Biographie von „Pistols and Tulips" kümmern – neben „Guns n' Roses" meine Lieblings-Band. Und das Beste: Sie haben mich als Autorin ihrer Bandgeschichte beauftragt!

Noch immer verwirrt mache ich mich daran, das Abendessen zu kochen. Die Hunde bekommen in Olivenöl gebratene Hühnerherzen an Kaiser-Gemüse und jungen Kartoffeln, garniert mit frischen Kräutern. Für uns Menschen bastele ich aus Tiefkühl-Pizzen Margharita eine Mahlzeit zusammen. Ein paar Tomaten zusätzlich drauf, ein paar Pilze, etwas mehr Käse und als Krönung ein schönes Glas Rotwein dazu. Während des Essens erzählen Michael und ich uns, was wir heute erlebt haben. Er bei der Arbeit – was erlebt man dort schon?! - und ich beim Lösen „meines" Kriminalfalls. Ja, ich sehe ihn immer mehr als „meinen" Fall an. „Steigerst Du Dich auch nicht zu sehr in die ganze Sache rein?" – mein Gatte kennt mich schon gut. Leider nicht so gut, denn natürlich fahre ich sofort die Krallen aus: „Ich steigere mich in gar nichts rein!" „Ist ja gut, nun reagier doch nicht gleich über", versucht er zu beschwichtigen. „Ich und überreagieren?! In meiner Familie neigt niemand zu Überreaktionen!" Ich bin empört und merke, wie mein Gesicht sich rötet. Gleichzeitig streichle ich Manu über seine Schlapp-Öhrchen. Er sitzt neben mir und hofft, etwas von meiner Pizza abzubekommen. Ein winziges Stück Käse wandert in sein Schnäuzchen. Natürlich auch in Wilberts und in Acaros. Gerechtigkeit muss sein. Seltsam, wie Hunde es schaffen, einen wieder zu besänftigen. Jetzt ist eine Diskussion möglich, denn auch Michael hat das Krimi-Fieber gepackt. Wir drehen die Sache hin und her.

„Wenigstens ist der Typ stilecht gestorben", grinst Michael. „Wie meinst Du das?" „Naja, kippt so in einen Tiramisu-Pudding und lebt in Quasi-Nachbarschaft mit Dr. Oetker." Wir haben beide einen etwas makabren Humor und müssen lachen. „Tiramisu ist kein Pudding", verbessere ich. „Da Deine Gourmetküche sich auf unsere Hunde beschränkt und wir uns mit einfacher Küche begnügen müssen, kenne ich mich mit solchen Feinheiten nicht aus", sagt mein reizender Ehemann charmant. - Nun gut, er hat ja keine Köchin, sondern eine Schriftstellerin geheiratet!
Während wir überlegen, kommt mir ein Gedanke. Ein Gedanke, der mir sehr unsympathisch ist und ich hoffe, dass er vollkommen abwegig ist. „Ich kann es mir kaum vorstellen, aber vielleicht hat die Schwester ja Rudolf aus Habgier getötet, schnell, bevor er heiratet. Wobei ich wirklich denke, sie ist gar nicht der Typ dafür – und hat ja ein Kind, das sie braucht."
„Bleib objektiv. Nur weil Dir die eine sympathischer ist als die andere, hake sie nicht gleich als Täterin ab."
„Wann bin ich schon mal nicht objektiv geblieben?!"

Nachdem wir am nächsten Tag unseren Spaziergang in Oerlinghausen beendet haben, fahren Manu, Wilbert, Acaro und ich noch mal zu der schmucken Villa. Sie ist tatsächlich riesig und die Lage ist fast beneidenswert.

Gut, ich bin eher der Typ, der in einer Holzhütte in Kanadas Wäldern leben möchte, aber der großzügige parkähnliche Garten hat schon was. Und das Haus – bestimmt 250 m². Wieviele Hunde könnte ich da halten?! Rudolfs Mutter öffnet auf mein Klingeln. „Entschuldigen Sie vielmals, aber ich wollte mich erkundigen, wann die Beisetzung stattfindet. Sicherlich werden Sie uns nicht in Rudolfs Adressbuch finden und da wir bei seinem Ableben anwesend waren, würde ich gern teilnehmen." Gerührt wischt sich die alte Dame die Augen. „Sie waren dabei?" „Ja, aber leider konnte ich der Polizei auch nicht weiter helfen." Die Hoffnung erlischt, sie sackt ein wenig in sich zusammen. „Der... Leichnam ist noch nicht freigegeben." Wir führen noch ein wenig Small Talk. Ich drücke mein Mitgefühl aus, wie schwer die Wartezeit ist usw. Angespannt starre ich auf meine abwechselnd pink und schwarz lackierten Fingernägel, denn so richtig in Fluss kommt das Gespräch nicht.
Zum Glück kommt nach einer kleinen Weile Rudolfs Schwester dazu. Wir begrüßen uns fast wie alte Freundinnen und plaudern ein Weilchen. Sie trägt ein lustiges Sweatshirt mit Zombie-Mickey-Mäusen. Irgendwann klingelt ihr Handy. „Nein... Nein, auf keinen Fall... Das muss ein Irrtum sein!" Nachdem sie aufgelegt hat, erklärt sie kopfschüttelnd: „Da

behauptet doch eine alte Klatschtante, sie habe mich eine Viertelstunde vor Rudolfs Tod auf der Promenade auf dem Weg zur Sparrenburg gesehen!" „Und das stimmt nicht?" „Nein. Ich laufe mit Johnny, meinem Boxer-Mix, immer am Obernsee. Der Weg zur Sparrenburg ist mir viel zu weit! Ich wohne in Baumheide und müsste ja immer quer durch die Stadt fahren." Schade, dann werden wir wohl keine gemeinsamen Runden drehen. Aber Lili kommt mir noch immer bekannt vor. Und da komme ich drauf, beim Boxer-Mix klingelt es bei mir: Ich hatte sie auf der Promenade ebenfalls gesehen! Michael und ich haben uns vor der Chose noch ein wenig die Füße vertreten – als Hundehalter hat man ja so wenig Bewegung – weil wir etwas zu früh waren und noch auf das Geburtstagskind warten mussten. Warum lügt sie? Oder irre ich mich? Boxer-Mixe gibt es viele und ich habe kein Gedächtnis für menschliche Gesichter.

Natürlich stoße ich vor der Wohnungstür wieder mit der unangenehmen Geliebten zusammen! Fast scheint es, als habe sie an der Tür gelauscht, wobei das ja unmöglich ist bei dem massiven Bronzeding. Die Dame trägt ein knielanges Bleistift-Röckchen in Schwarz und einen Blazer in Pink. Genau meine Farben. Bei so einer Person! Sie beäugt mich misstrauisch. Nun, sie ist nicht die Einzige, die misstrauisch ist. „Entschuldigen Sie, aber kennen wir uns eigentlich?" fragt sie spitz. Innerlich grinse ich, denn jetzt habe ich die Möglichkeit, dieser unangenehmen Person eine zu verplätten. „Nein, aber ich war eine Freundin von Rudolf!" Ich lasse sie vor der Tür stehen und spüre, wie ihre Blicke mich von hinten durchbohren.

Einige Tage später benachrichtigt mich Nadine, dass Rudolfs Beerdigung in drei Tagen stattfinden würde. Ich hatte sie darum gebeten, denn zum einen fühle ich mich tatsächlich ein kleines bisschen verbunden mit Rudolf - immerhin löffelte ich mein Tiramisu neben ihm, als er sein Leben aushauchte; zum anderen bin ich Fast-Profi: Mörder kommen immer zur Beerdigung des Opfers, weil es ihnen einen Kick gibt, die Angehörigen zu beobachten. Da sag einer, dass ich nicht fachkompetent bin!

Nachdem ich in aller Eile nach dem Morgen-Gassi-Gang eine saubere Jeans rausgesucht (abgesehen von einem kleinen Pfotenabdruck, aber wer will denn so genau sein?!) und einen grauen Mantel angezogen habe, mache ich mich Richtung Johannis-Friedhof auf. In der friedhofseigenen Kapelle findet ein kurzer Trauergottesdienst statt. Ich setze mich zuerst in die hinterste Reihe, um die Hereinkommenden anzusehen und halte mich für sehr gerissen. Dann fällt mir auf, dass ich die Gesichter während des Gottesdienstes nicht beobachten und somit nicht feststellen kann, ob sich in einem Gesicht etwas Verräterisches spiegelt. Also stehe ich auf und dränge mich durch die bereits besetzten Reihen zu einem freien Sitzplatz, der relativ mittig ist. So, nun kann ich mich drehen und wenden, wie ich will, und die Anwesenden beobachten. Interessiert schaue ich von einem zum anderen. Dummerweise fühlen sich einige nun wohl angestarrt, was mir ausgesprochen peinlich ist. Ich beschließe, vor der Kapelle zu warten und mich einfach beim Auszug anzuschließen. Sicher kann ich am Grab unauffälliger herumschauen.

Gesagt, getan. Während ich vor der Kapelle warte und hin- und her hampele, da meine Füße kalt werden, wird mir klar, wen ich vorhin nicht gesehen habe, denn diese Person sehe ich jetzt: Flankiert von zwei uniformierten Polizisten wird Rudolfs Schwester in die Kapelle geführt. Oh weh, es sind wohl noch einige andere auf die Idee gekommen, die ich so verworfen habe – nämlich, dass Rudolfs Schwester ihren Bruder aus Habgier umgebracht hat...

Nach dem Auszug aus der Kapelle, stehen wir am offenen Grab. Während der Beisetzung wispern und flüstern einige. Das Objekt des Gebrabbels ist natürlich Rudolfs Schwester. Vor ihr steht nun ein kleines blondes Mädchen, das mir schon vorher aufgefallen ist, da es zwischen Rudolfs Eltern saß. Rudolfs Eltern, die noch kleiner und verhärmter wirken. Neben mir unterhält sich ein Paar flüsternd. „Ich kann mir einfach nicht vorstellen, dass Lili mit dem Mord etwas zu tun haben soll. Mag sein, dass sie nicht glücklich war, dass Rudolf heiraten wollte und seine Frau somit einen Mit-Rechtsanspruch auf seine Villa gehabt hätte. Aber ihn vor der Hochzeit umbringen, damit sie selbst erbt?! Nein. Glaube ich nicht, passt nicht zu ihr. Außerdem ist sie eine der am wenigsten hinterhältigen Personen auf dem Erdboden." Das bestätigt meine Meinung, die ich mir bei unserem – zugegeben flüchtigen – Zusammentreffen gebildet hatte. Der Tenor lautete bei fast allen Flüsterern ähnlich.

Da die Gesellschaft noch zum Leichenschmaus geladen ist, schließe ich mich an. Natürlich findet dieser wieder im Sparrenburg-Restaurant statt. Als wäre hier nicht schon genug passiert! Ein Humörchen haben die Hinterbliebenen ja wohl! Ich setze mich neben Nadine und Ronnie, die natürlich auch anwesend sind. Hier weiß ich, dass ich einiges erfahren kann. Nadine ist ähnlich offenherzig wie Rudolfs Schwester Lili. Freundlich zu den meisten und unterhält sich gern. Ich sitze daneben und höre angestrengt zu. Lili wurde bereits wieder fort gebracht. Man geht davon aus, sie habe ihren Bruder umgebracht, bevor er heiraten konnte. Ich konnte noch ein paar belanglose Worte mit ihr wechseln. Suse Sanowick, die Anwältin und Beinahe-Witwe, macht ihre Runde, nimmt Beileidsbekundungen entgegen und wirkt insgesamt gefasst. Mir zu gefasst, aber vielleicht muss man das in ihrem beruflichen Fach. Einige getrocknete Tränenspuren kann man zwar erahnen, aber obwohl ich immer objektiv und niemals subjektiv bin, halte ich sie für Krokodilstränen. Sie trägt einen schwarzen Hosenanzug – Merkelsche Grüße! Als sie in unsere Ecke kommt, trifft mich ihr Blick beinahe wie ein Laserstrahl (liegt das vielleicht daran, dass ich das „Shout at the Devil"-Sweatshirt von Mötley Crüe angezogen habe?! Die Totenköpfe passen doch prima zu einer Beerdigung!), ansonsten werde ich ignoriert.

Nachdem ich mich verabschiedet habe, nehme ich die Örtlichkeiten der Sparrenburg und des Restaurants noch in Augenschein. Ich schaue mir alles genau an. Natürlich laufe ich Rechtsanwältin Suse Sanowick ein weiteres Mal über den Weg. „Immer noch hier?"

bemerkt sie. Peinlich berührt, weil ich mich ertappt fühle, schnappe ich: „So ein Kulturdenkmal hat schließlich nicht jede Stadt. Da werde ich mich wohl noch umsehen dürfen!" „Sie dürfen, Sie dürfen...", sagt sie und lächelt kryptisch.

Von Nadine erfahre ich, dass Rudolfs sympathische Schwester in der Justizvollzugsanstalt Ummeln ist und ihre Eltern derzeit auf Tochter und Hund aufpassen. Vermutlich ist es unglaublich frech von mir, aber ich lasse mir die Adresse von Lilis Wohnung geben (die Großeltern halten sich mit ihrer Enkelin dort auf, da sie Marie nicht aus ihrer gewohnten Umgebung reißen wollten) und fahre auf einen Besuch bei den dreien vorbei. Sie sehen nicht gut aus. Sind sicherlich die Sorgen, die sie momentan haben. Lili wohnt in Baumheide. Nicht gerade das beste Viertel. Aber sie sagte ja, dass sie Geldsorgen habe. Lilis Eltern sind zwar erstaunt, aber nicht abgeneigt mit mir zu reden. Was haben sie und Lili schon zu verlieren?! Die Polizei hat ihre Schuldige gefunden...
Unauffällig mustere ich die Behausung. Es handelt sich um eine Wohnung des Sozialen Wohnungsbaus, die Lili mit ihrem Töchterchen und ihrem Hund Johnny teilt. Er liegt Lilis Mutter ergeben zu Füßen. Mit einfachen Mitteln hat Lili die unpersönliche Wohnung in ein

Zuhause verwandelt. Drucke verschiedener bekannter Bilder hängen an den Wänden, Fotos stehen auf einer Weiß-Rosa lackierten Kommode. Über die abgewetzte Couch sind lässig einige bunte Tücher gehängt worden. Maries Großeltern, Rudolfs und Lilis Eltern, sind gebrochene Menschen. Der Sohn ermordet und die Tochter im Gefängnis unter Mordverdacht! Wer hält das aus...?!

„Ich bin überzeugt, dass Suse Rudolf umgebracht hat!", sagt Lilis Mutter mir, während sie ihre Tee-Tasse an den Mund führt. Ostfriesische Tee-Mischung mit Kluntje-Kandis; das sei der Lieblings-Tee ihrer beider Kinder, da sie ihre Familien-Urlaube gern an der Küste verbracht hatten. Lecker! Ihre Überzeugung teile ich übrigens. Dummerweise fällt mir kein Grund ein, warum Suse Sanowick Rudolf umgebracht haben sollte. Gemeinsam mit Rudolf hätte sie doch sicherlich ein gutes Leben geführt. Sie ähneln sich beide – etwas langweilig, ständig im Büro... Würden also auch nicht Gefahr laufen, sich gegenseitig ständig auf der Pelle zu hängen. Warum also sollte sie ihn umbringen?! Wir haben beide keine Idee. Lili dagegen hat leider ein starkes Motiv... „Wie alt ist Ihre Tochter eigentlich? Sie scheint mir viel jünger als Rudolf." „26 Jahre. Ein Nachkömmling. Wurde ganz schön verwöhnt von uns und unserem

Sohn. Er war ganz vernarrt in seine kleine Schwester."
So nett ich Lili finde, meine ich doch, dass solche Menschen leider häufig nicht ganz lebenstüchtig sind. Ausführlich beleuchten wir Rudolfs Tod und seine Beziehung zu Rechtsanwältin Suse.

Nachdem wir ein wenig geplaudert haben, lasse ich mir genau erklären, in welcher Abteilung der Justizvollzungsanstalt Lili sich befindet, da ich sie gern besuchen möchte. Lilis Eltern wirken beide ein wenig erleichtert; sie selbst haben wenig Zeit, da sie ein Kind versorgen müssen und bringen es kaum über sich, ihre Tochter im Gefängnis zu besuchen.

Also geht es nach unserem Morgen-Spaziergang auf der Hundewiese bei der Sparrenburg auf nach Ummeln. Zum Glück ist Ummeln noch ein Außenbezirk von Bielefeld. Man stelle sich vor, ich hätte extra bis in die JVA Bochum gurken müssen oder so! ...und auch nach Gadderbaum muss ich also nicht schon wieder!

Lili freut sich, mich zu sehen, sofern man anhand der Örtlichkeit und Situation von „freuen" sprechen kann. Die Arme sieht verhärmt aus. Ganz klein, schmal und blass. Ihre Haut bekommt einen leicht grauen Stich. Die triste Umgebung wirkt zusätzlich deprimierend. Ein schwergewichtiger Justizvollzugsbeamter sitzt gelangweilt auf einem Stuhl nahe der Tür in dem ockergelb gestrichenen Raum. Wir unterhalten uns noch einmal über Suse und ich versichere Lili, dass ich an ihre Unschuld glaube und überzeugt bin, dass Suse etwas zu verbergen hat. Außerdem brennt mir unter den Nägeln: „War die Erbschaft eigentlich das einzige Indiz, das man gegen Sie in der Hand hatte?" Lili senkt beschämt den Blick: „Nein. Ich wurde kurz vor Rudolfs Tod gesehen. Auf der Promenade mit Johnny." Ein wehmütiges Lächeln erscheint auf ihrem Gesicht, während sie an ihren alternden Boxer-Mix denkt. „Sie erwähnten das, glaube ich..." „Und es stimmt. Ausnahmsweise bin ich auf die Promenade gegangen zum Spazierengehen, da ich am Obernsee Streit mit einem anderen Hundehalter hatte am Tag zuvor. Aber mit dem Tod meines Bruders habe ich nichts zu tun! Ich hatte Angst, dass mich das verdächtig wirken lassen würde. Daher habe ich es abgestritten. Aber es kam ja doch raus..." „...und nun wirken Sie erst recht verdächtig..." Langsam zweifel ich an ihrer Unschuld. So dösig kann doch kein Mensch sein, in der Situation nicht die Wahrheit zu sagen. War Lili so geschockt? Oder kaltblütig?

Zum Glück habe ich meine Detektivarbeit, wie ich es ansehe, irgendwann erledigt und fahre nach Hause. Die Hunde anleinen, ab in den Wald mit ihnen. Dafür müssen wir nur einmal quer über die Straße. Von dem Tag bin ich geschlaucht und hoffe, dass mir ein ordentlicher Spaziergang den Kopf leer fegt. Unterwegs treffe ich noch zwei Freunde aus meiner morgendlichen Gassi-Truppe. Sie sind eingeweiht in den Fall. Wir diskutieren und fachsimpeln, denken hin und her. Mit meiner Gassi-Truppe habe ich Jahre zuvor einen Mord an einem wohlhabenden Unternehmer aufgeklärt, den seine Lebensgefährtin zu heiraten und danach mit ihrem Ex-Mann um die Ecke zu bringen beabsichtigte. Dieser Mord fand zwar nie statt, da der Unternehmer vorher einer langen Krankheit erlag – aber er hätte geschehen können! Also sind die richtigen Experten am Werk. Richtigerweise glauben auch die beiden an die Unschuld von Rudolfs Schwester. Zu offensichtliches Motiv, ist ihre Meinung. Als wir uns trennen, habe ich das Gefühl, dass mir jemand hinterher schleicht und mich beobachtet. Sicherlich Einbildung. Aber eine leichte Gänsehaut habe ich schon. Liegt sicher daran, dass es langsam zu dämmern beginnt. Wer sollte mich schon beobachten?!

Abends, wir sitzen gemeinsam auf unserem Big Sofa (wie klein kann ein Big Sofa sein, wenn man mit drei Hunden darauf sitzt!) quengeln die Hunde an der Terassentür. Ich öffne sie ihnen. Wilbert und Acaro stöbern angestrengt im Garten; Manu läuft zielstrebig in unseren Bambusstrauch und bringt stolz einen toten Vogel, dem der Kopf fehlt. Entsetzt schreie ich auf und sage ihm streng „Pfui, Manu, lass das fallen!" Tut er. Auf meinen Wohnzimmerteppich. An der Kralle des bedauernswerten Vogels ist ein Zettel befestigt mit der Nachricht „Schnüfflerin!" Huch, wer ist denn so uncharmant?! Soll das vielleicht eine Drohung sein? Hängt das mit Rudolfs Tod zusammen? Habe ich jemandem auf die Füße getreten? Und wer wirft tote Vögel mit Nachrichten über zwei Meter hohe Sichtwände?

Was ich bisher außer Acht gelassen habe, ist, dass man sich über die Hauptpersonen eines Themas informiert. Daher google ich Rechtsanwältin Suse Sanowick im Internet und finde ihre Kanzlei. Es ist nur eine Bürogemeinschaft. Sehr erfolgreich kann sie also nicht sein. Genau studiere ich ihren Lebenslauf. Scheint alles in Ordnung zu sein. Aber was kann man daraus auch schon erkennen?! Gab es nicht kürzlich den Fall der SPD-Politikerin Petra Hintz?! Leider habe ich keinerlei Möglicheit, nachzuprüfen, ob mit Suse Sanowick alles stimmt. Lange Gespräche wird sie ja wohl kaum mit mir führen... Trotzdem ist die logischste Verdächtige Rudolfs Schwester Lili. Was erschwerend hinzu kommt, ist, dass Suse Sanowick in mehreren caritativen Einrichtungen ehrenamtlich tätig ist. Ein Punkt, der mich sogar ein wenig für sie einnimmt.

Allerdings fällt mir eine Lösung ein, die zwar nicht gesetzeskonform ist – aber wozu hat man Computer-Hacker im Bekanntenkreis?!

Leider ist unser Nachmittags-Gassi-Gang heute verspätet. Es wird bereits dunkel. Nach dem Vorfall mit dem toten Vogel bin ich etwas dünnhäutig. Daher ist es mir nicht recht, dass die Herren Jagdhunde sich von mir entfernt haben und ich allein auf weiter Flur hier stehe. Überall knackt es und ich bilde mir tausend Augen ein. Vermutlich gibt es die auch im Wald, aber sie stammen von Rehen, Kaninchen, Vögeln... Und wenn doch nicht nur?! Habe ich mich etwa immer darüber lustig gemacht, wenn jemand bekannte, Angst im dunklen Wald zu haben?! Wie kommt mein Pfefferspray aus meiner Jackentasche in meine Hand? „The Hills have Eyes", „Haus der tausend Augen" - warum fallen mir diese Horror-Streifen ausgerechnet jetzt ein? Normalerweise habe ich eine große Toleranz für Michael Myers und Jason Vorhees entwickelt: Ich meine, sie werden schon ihre Gründe haben, regelrechte Blutbäder anzurichten. Heute geht mir das Verständnis ab. Getöse, Gepolter... Jemand kommt aus dem Gebüsch. Mit soviel Lärm können es nur – genau: Netterweise tauchen meine Hunde wieder auf und ich fühle mich in ihrer Gesellschaft wesentlich wohler als allein.

Nachts wälze ich mich im Bett herum, mein Kopf gibt einfach keine Ruhe. Petra Hintz hat etwas in mir ausgelöst. Und dann komme ich auf die Lösung! Eine so unwahrscheinliche, dass man gar nicht drauf kommen kann! Ich habe keinerlei Beweise und auch keine Ahnung, ob meine Theorie stimmt. Da – ist das ein Gesicht, das durch unser Schlafzimmerfenster guckt? Aber wie sollte es in unseren Garten kommen?! Kein Hund bellt – vermutlich war es nur Einbildung. Kurz entschlossen wecke ich Michael, um ihm diese auseinanderzusetzen. Ganz überzeugt ist er nicht. Es ist einfach zu abstrus! Aber wir entwickeln einen Plan, den einzigen Plan, den wir ausführen können. Und hoffen, dass er nicht komplett schief geht...

Am 31.10., Halloween, mache ich mich auf zum Bergfrieden. In der Woche hat man dort meist seine Ruhe. Ich genieße den Nachmittag mit meinen Jungs, der Wald liegt ruhig dort. Keine Menschenseele weit und breit. Auch keine Tierseelen? Das ein oder andere

Klein-Wild springt bzw. fliegt uns über den Weg. Als ich um eine Kurve biege, sehe ich etwas vor dem Gebüsch stehen. Ich stoppe – nein, das kann einfach nicht sein! Vollkommen geschockt stehe ich wie angewachsen. Ich kann mich nicht bewegen, kaum atmen. Dort steht ein Clown. Aber kein lustiger Clown! Nein, eher so ein fieser wie Pennywise aus Stephen Kings „Es". Zugenähte Lippen auf kalkweißen Gesicht, ein diabolisches Grinsen auf den Lippen. Er steht still, bewegt sich nicht. Da – jetzt hebt er den Zeigefinger, winkt mich ran... Ich bin noch immer wie paralysiert. Ich zwinge mich, wieder zu atmen. Endlich höre ich Stimmen und Klacken. Eine Nordic Walking-Gruppe ist heute doch noch unterwegs. Noch nie war ich so froh, diese Kröten-Kebab-Stecher zu treffen. Der Horror-Clown verschwindet im Gebüsch. Macht es Sinn, zu schreien, die Gruppe aufmerksam zu machen, den Notruf zu wählen? Wahrscheinlich nicht. Also beende ich mit weichen Knien unseren Gassi-Gang.

Wollte der Horror-Clown etwas speziell von mir, war er auf mich angesetzt? Oder ist die Begegnung purer Zufall gewesen? Es wird Zeit, diesen Thriller zu beenden. In einer Alice Cooper- oder Rob Zombie-Show lasse ich mir Grusel ja gern gefallen. Aber im Teutoburger Wald hat so etwas nichts zu suchen!

Für den kommenden Freitag Abend laden wir ein... D. h., ich habe Rudolfs Eltern überredet, einzuladen... Um ihrer Tochter helfen zu können, spielen sie schweren Herzens mit. In der Zwischenzeit durchdenke ich alles immer wieder und meine Theorie erscheint mir immer schlüssiger. Der Fall lässt mich nicht los – ob ich im Supermarkt bin oder im Wartezimmer eines Arztes, beim Spaziergang oder beim Kochen, ob ich staubsauge oder schreibe. Selbst bei meinen Recherchen für meine „Pistols and Tulips"-Biographie bin ich nicht bei der Sache. Mit einem uns bekannten Polizisten, der ebenfalls eingeladen worden ist, habe ich gesprochen.

Ein weiteres Mal kommen alle Geladenen ins Restaurant der Sparrenburg. Anhand der Vorfälle der letzten Tage glaube ich nicht, dass eine bestimmte Person erscheinen wird. Aber - alle, denen wir Einladungskarten zum Krimi-Dinner geschickt haben, sind erschienen. Sollte ich mich doch getäuscht haben? Es steht so viel auf dem Spiel... Die Gesellschaft besteht aus Nadine und Ronnie (die wir nicht übergehen wollen), Rudolfs Eltern, die komplette Geburtstagsgesellschaft, unsere Gassi-Truppe als Verstärkung, Hauptkommissar Peter Schmidt – und Frau Suse Sanowick. Offiziell sind alle Freunde

Rudolfs noch einmal hier, um seiner stilvoll zu gedenken. Zum Glück hat eine Gesellschaft abgesagt, da es sonst unmöglich gewesen wäre, so kurzfristig einen Termin zum Krimi-Dinner zu bekommen. Allerdings wird diesmal ein Stück nach unserem Drehbuch gespielt. Alle Achtung, dass die Darsteller sich darauf eingelassen haben!

Ich habe mir einen Türkis und einen Gagath an einem Lederband um den Hals gehängt. In verschiedenen Kulturen gelten sie als mächtige Schutzsteine. Beide habe ich in Arizona einem Indianer abgekauft. Aufgeregt spiele ich an meinen Ketten.

Es wird eine leckere vegetarische Minestrone serviert. Alle löffeln zufrieden.

Nun beginnt das von uns geschriebene Theaterstück. Theater?! Reality Show... Die Anfangsszene ist eigentlich die Schlussszene. Der Tod Rudolfs. Rudolfs Eltern schnappen nach Luft. Schlimm, dass wir ihnen das antun müssen. Ich stehe auf und verkünde: „Sehr geehrte Gesellschaft, und jetzt präsentieren wir Ihnen, wie alles anfing! Es begann in Rudolfs Villa...

Seine Geliebte, Frau Rechtsanwältin Sanowick, hat Rudolf noch eine schöne Tasse Ostfriesenmischung serviert. Mit dickem Kluntje Kandis und Sahne darin, wie er es liebte.Das scheint eine Gemeinsamkeit zwischen den Geschwistern zu sein, die Vorliebe für

Ostfriesen-Tee. Leider befand sich darin auch Glykol. Er konnte es nicht schmecken, da es süß ist."

Suse springt empört auf. „Ich werde Sie verklagen! Einen Strafantrag wegen Verleumdung stellen!" sagt sie, trotz Empörung sehr gefasst, aber schneidend. Ihr kleiner Kläffer gibt natürlich seinen Senf dazu. Drei Hunde zu Hause und kaum einen hört man davon. Ein kleiner Kläffer mit im Raum und die Bude bebt. Nervtötend. „Frau Sanowick, streiten Sie es nicht ab! Sie haben ein Motiv, Sie hatten die Gelegenheit – und Sie profitieren!" Ein professionelles Lächeln schleicht sich auf ihr Gesicht. Das ist ihr Metier, da fühlt sie sich sicher. „Welches Motiv sollte ich denn wohl gehabt haben?! Die Villa gehörte mir ja bereits zum Zeitpunkt von Rudolfs Tod." Es herrscht Stille. „Da staunen Sie, nicht wahr, Frau Hobby-Schnüfflerin?! Alles notariell abgesichert. Rudolf hatte mir die Villa als vorgezogenes Hochzeitsgeschenk bereits überschrieben. Das wusste nicht einmal Lili; die Arme nahm bis zuletzt an, sie wäre Rudolfs Erbin!" Sie ist vollkommen in ihrem Element und fühlt sich auf der sicheren Seite. Und hat – zugegeben – einen echten Trumpf in der Hand!

...aber... Das wissen wir ja bereits! Und daher lasse ich

mich nicht aus der Ruhe bringen: „Sie sind eine Hochstaplerin. Ihre Prüfung vor der Anwaltskammer haben Sie nie bestanden, sondern sind zweimal durchgerasselt. Einen dritten Versuch haben Sie nicht unternommen, weil Sie wussten, dass es sinnlos wäre. Gekauft haben Sie Ihre Zulassungen in Polen. Ist ja nicht schwer. Jahrelang sind Sie nicht aufgeflogen. Bis Sie Rudolf kennen lernten. Er wollte Sie heiraten und Sie haben „Ja" gesagt, ihn allerdings überredet, Ihnen vorher seine Villa zu überschreiben. Die Hochzeit durfte nie stattfinden, da Ihr Doppelleben ansonsten aufgefallen wäre! Also musste der arme, etwas langweilige, naive Rudolf sterben! Lili mit ihrem schlechten Händchen für Geldangelegenheiten kam Ihnen als Sündenbock gerade recht..." Suse Sanowick läuft puterrot an. „Unterstehen Sie sich, so etwas nochmal zu sagen!" Oh je, wie bekomme ich die Wahrheit – sofern ich mich nicht täusche – aus ihr raus?! Egomanen muss man kitzeln, denke ich mir mit dem Mute der Verzweiflung und versuche es auf andere Art: „Nun, dann habe ich mich wohl geirrt. Nun ja, wahrscheinlich fehlt Ihnen die Schlauheit dafür. Hätte ich mir denken können..." „Das ist ja unerhört!" Ein Geständnis würden wir nicht bekommen. Was soll ich tun?! Ist alles verloren? Hauptkommissar Peter Schmidt verlässt den Raum. Ich bin entsetzt – war es das schon?! Was nun?!

Der Hauptgang wird aufgetragen: Vegetarischer Auflauf mit Fenchel, Butternutkürbis, Nüssen und Käse. Köstlich. Trotzdem stochere ich nur im Essen. Michael und ich werfen uns ernste, ratlose Blicke zu. Und wie unsere Beamten so sind, hat sich Hauptkommissar Peter Schmidt wieder unters Volk gemischt und nimmt am Gratis-Schmaus teil.
Rechtsanwältin Sanowick schreibt auf einen Zettel anstatt zu essen. Zwischendurch wirft sie mir böse lächelnd Blicke zu, wahrscheinlich sieht sie uns bereits im Geiste vor Gericht; plant eine juristische Strategie gegen uns. Irgendwann steht sie auf, zieht ihren Mantel an, um zu gehen.
Just in dem Moment klingelt das Handy des Hauptkommissars. Er hört zu und murmelt etwas hinein. Dann geht alles sehr schnell. Hauptkommissar Peter Schmidt versucht, Suse festzuhalten. Leider fällt er beim Aufstehen über den Mini-Kläffer, da wir den Kommissar vorsorglich direkt neben Rechtsanwältin Sanowick gesetzt haben. Der Kläffer kreischt empört. Dann baut der Kommissar sich auf und ruft: „Zugriff!" Die Täterin versucht, ohne ihren Hund zu flüchten. Allerdings haben sich unsere drei Hunde um den Tisch postiert, in der Hoffnung, von

jemandem ein Appetit-Häppchen zu erwischen, und denken gar nicht daran, ihr Platz zu machen. So können der große, kräftige Koch und Michael die Fliehende festhalten. Endlich klicken die Handschellen von Peter Schmidt, der mit Sauce beschmiert wieder auftaucht. Könnten Blicke töten, wären wir allesamt auf der Stelle tot umgefallen, denn Suses Blicke sind wie Dolchstoße. Zum Glück braucht es dafür etwas mehr – z. B. Glykol...

Unsere Theorie, die wir so gewagt versucht hatten zu beweisen, wurde von der Polizei bestätigt. Während ich beim Krimi-Dinner vor Angst schwitzte, schwitzten die Beamten über ihren Nachforschungen. So abstrus sie auch klang, beim Verlassen des Raumes hatte Hauptkommissar Schmidt seine Kollegen angewiesen, Suse zu überprüfen. Neben dem Mord gab es natürlich noch den Anklagepunkt Betrug.
Im Müll der Villa wurde ein Kanister Frostschutzmittel mit dem Wirkstoff Glykol sichergestellt, auf dem sich Suses Fingerabdrücke befanden. Auch in einer der Tee-Tassen wurden im Labor Überreste des Giftes entdeckt. Im Verhör verwickelte Suse sich auf der Wache in Widersprüche und gestand schließlich nach Stunden erschöpft den Mord. Außerdem sind Zertifikate und Papiere der

Möchtegern-Juristin als Fälschungen identifiziert worden. Die Universität, auf der Suse angeblich ihr Jura-Studium absolviert hatte, bestätigte der Polizei, dass die saubere Dame keine Prüfung bestanden hatte. Aufgrund der gehackten Informationen sind wir ja nicht ganz blauäugig zum Krimi-Dinner gegangen.

Suses Hund fand übrigens ein schönes Zuhause bei Rudolfs Eltern und Schwester, die dadurch von seinem Tod ein wenig abgelenkt wurden. Da der Kläffer dort ausgelastet wird anstatt ganztags in einer Kanzlei sitzen zu müssen, mutierte der Kläffer zu einem angenehmen Gefährten.

Natürlich wurde Suse Sanowick die Villa wegen groben Undanks wieder aberkannt. Sie gehört nun Lili und ihrer Tochter Marie sowie Boxer-Mix Johnny. Seit die drei dort eingezogen sind, herrscht endlich wieder Leben in diesem langweiligen Gadderbaum. Sie bringen die Nachbarschaft dort ordentlich durcheinander.

Warum Suse Sanowick nicht einfach floh? Wohin hätte sie fliehen sollen?! Sie hatte ein Leben in Bielefeld aufgebaut. Warum sie an unserem Krimi-Dinner teilnahm? Ich weiß es nicht. Wahrscheinlich fühlte sie sich sicher und unbesiegbar. Solche Leute spielen gerne ihre Spielchen... Ob jemals rauskam, wer hinter den merkwürdigen Vorfällen, denen ich ausgesetzt war, steckte? Nein. Vielleicht war es Suse

Sanowick, ehemalige Möchtegern-Juristin. Vielleicht jemand anders, der mich hasst. Vielleicht machte sich jemand über mich lustig. Oder ich habe mir alles nur eingebildet...

Und da es die Stadt Bielefeld gar nicht gibt, können sich keine Personen wieder erkennen und ich kann mir den Satz ersparen „Ähnlichkeiten mit lebenden Personen sind rein zufällig".

Horror-Clowns in Bielefeld?

Müde und mit verquollenen Augen schlendere ich durch den Wald. Meine Hunde Manu, Wilbert und Acaro laufen begeistert um mich herum, zwischendurch wird immer wieder ein Abstecher ins Gebüsch gemacht. Jäger bleibt Jäger. Zum Glück haben wir in diesem Wald nur ab Nachmittag Rehe und die sind hundefest. Oft drehen sie uns eine lange Nase.

Während des Spaziergangs denke ich darüber nach, dass ich gleich noch einkaufen, einen Artikel für meine favorisierte Musik-Seite schreiben und kochen muss.

Jäh reißt mich eine Fratze aus meinen Gedanken – ich erstarre, denn ich sehe eine Person, die wie ein Clown gekleidet ist, die aber keine lustige Dummer-August-Maske, sondern eine gruselige trägt: Gekreuzte Schlitze als Augen, (aufgemaltes) Blut, fieses Grinsen... Ich mag sowieso schon keine Clowns, aber dann noch mit Horror-Maske – danke schön aber auch! Sofort rufe ich meine Hunde zu mir. Auch sie haben schon erfasst, dass etwas nicht stimmt. Während Manu und Acaro mich flankieren und sich an mich drücken, muss Wilbert den seltsamen Typen natürlich anbellen. Aufgeregt kläfft er Abstand haltend auf den Clown ein. Warum kann dieses Hunde-Blag nicht einmal widerspruchslos tun, was ich sage?! „Wilbert, verdammt – sofort HIIIEEER!" Endlich trabt er an und ich kann ihn an die Leine nehmen.

Als ich mich wieder aufrichte, ist die Figur verschwunden. Bin ich unwissentlich in einer Show von Rob Zombie gelandet?!

Nachdem ich meine Einkäufe erledigt habe, kann ich mich auf meine Schreiberei nicht konzentrieren. Nervös und von innerer Unruhe erfasst fallen mir die Vorfälle ein, die mir vor Kurzem das Leben schwer gemacht haben. Ich dachte eigentlich, nachdem wir eine Mörderin überführt hatten, hätten wir derartige Szenarien aus unserem Leben verbannt – denn auch zu der Zeit tauchte mehrfach ein Horror-Clown auf und es geschahen einige seltsame Dinge, wie tote Vögel mit angebundenen Drohbriefen usw.

Also beginne ich, während zur Beruhigung meiner Nerven Kissin' Dynamite auf dem CD-Player läuft, zu kochen. Die Hunde bekommen ein feines Hirsch-Gulasch mit Quinoa und gemischtem Gemüse, garniert mit Petersilien-Stengel. Für Michael, meinen Mann, und mich schmeiße ich fix ein paar Nudeln in einen Topf. Dazu Tomaten, Gurken und Paprika als Rohkost. Nudeln machen satt und glücklich, Gemüse ist gesund.

Natürlich wirft mein leidgeprüfter Gatte einen halb-neidischen Blick Richtung Hundefutter.

Während wir dann so dasitzen und schmausen, erzähle ich von meinem heutigen Erlebnis im Wald. Michael zieht ein besorgtes Gesicht und sagt vorsichtig: „Warum passieren solche Dinge immer Dir?" „Wenn ich das wüsste, säßen wir nicht hier und würden raten!" Der Logik muss selbst er zustimmen. „Vielleicht war das ja auch nur ein Witzbold – oder einer, der Ausgang aus der Psychiatrie hat." Das ist keineswegs flapsig gemeint, denn unser Wohnort – hochtrabend die Sieker Schweiz genannt – wird nur durch besagten Wald, in dem wir uns vorhin befanden, vom bundesweit bekannten Stadtteil Bethel getrennt.

Früh am nächsten Morgen, gegen 6:00 Uhr – Michael ist zur Frühschicht gefahren, die Hunde und ich sind eher semi-wach – ertönt ein lautes Poltern an unserer Haustür. Wir fahren erschreckt hoch, fallen fast aus dem Bett. Wilbert vor mir, die anderen beiden hinter mir, gehen wir im Gänsemarsch die Treppe runter zur Haustür. Ich habe mich noch schnell bewaffnet: Zwar habe ich in der Eile nur eine Badelatsche greifen können, aber besser als nichts. Und das steht auch vor unserer Tür: Nichts. Nichts und niemand im Umkreis zu sehen. Nebelschwaden wabern durch die Spätherbst-Luft.

An langsames Wachwerden, geschweige denn noch eine halbe Stunde Schlaf, ist natürlich nicht mehr zu denken, also springe ich unter die Dusche, bereite den Hunden Tatar mit Ei zum Frühstück zu und trinke meinen Tee. Fencheltee mit Honig beruhigt mich meistens. Ich mag ihn gerne und er ruft Kindheitserinnerungen wach. Geborgenheit. Zuhause. Umsorgt werden.

Hinterher geht es zur Hundewiese, wo ich meinen Gassi-Trupp treffe. Da wir bereits einige Kriminalfälle gemeinsam gelöst haben, erzähle ich von meinen aktuellen Erlebnissen. Wir überlegen, wen ich in letzter Zeit verärgert haben könnte. Mir fällt niemand ein. Elke zählt drei Personen auf. Brigitte und Karl dagegen behaupten von unzähligen Personen, dass sie mir gram sein könnten. Ich halte das ja für leicht übertrieben, bin aber natürlich bereit, auch die Übersensiblen unter den Mitmenschen in Betracht zu ziehen. Kann denn jemand ernsthaft sauer auf mich sein, nur weil ich ihn als „verblödete Voll-Bratze mit erbsengroßem Hirn" bezeichnet habe?! Meine Eltern haben mir beigebracht, immer die Wahrheit zu sagen. Leider bringt mich meine Ehrlichkeit seit Kindesbeinen an in Schwierigkeiten. Aber in solche?Ehrlich gesagt, ich bin so schlau wie vorher. Vielleicht noch weniger schlau.

Wir gehen zum Auto und ich stehe wie erstarrt: Meine Reifen sind alle vier platt! Aufgeschlitzt. Ich rufe die Polizei. Zwei Beamte rücken an und fragen mich: „Haben Sie einen Verdacht?" Hätte ich den, würden wir nicht hier stehen und diskutieren... „Nein, leider nicht. Ich bin mir sicher, dass ich niemanden derart verärgert habe, dass er – oder sie – mir die Reifen aufschlitzen würde." Apropos verärgert – das bin ich und mache mich mit den Hunden zu Fuß auf den Weg nach Hause, um von dort den ADAC anzurufen. Es macht wenig Sinn, wenn wir uns eine Stunde lang die Füße abfrieren und vor Ort warten, da wir eine Viertelstunde Fußweg haben.
Zu Hause angekommen finde ich einen Briefumschlag, der an unserer Haustür klebt. Ich öffne ihn. Der Umschlag enthält ein Foto meiner Hunde, aufgenommen in der freien Natur, und es liegt ein Zettel bei, auf dem geschrieben steht „Nächstes Mal ist es einer dieser Bäuche statt Reifen.".
Jetzt bin ich mit den Nerven fertig, meine Hände zittern, ich rufe Michael bei der Arbeit an, der sofort nach Hause kommt. Der Gute hat Urlaub eingereicht. Wir überlegen, ob die Hunde und ich eine Weile

irgendwohin fahren. Zu meinem Vater nach Essen; nach Dänemark, das im Winter menschenleer ist; in die Antarktis... Aber was bringt das?! Solange wir nicht wissen, wer uns bedroht, kann derjenige uns überallhin folgen und wir würden es nicht bemerken.
Wer kann nur so niederträchtig sein, unschuldigen, vertrauensseligen Lebewesen etwas antun zu wollen?!

Nachdem unser Auto abgeschleppt worden ist und neue Reifen montiert sind, versuchen wir, etwas Normalität in unseren Alltag einziehen zu lassen. Zwar gelten strenge Vorsichtsmaßnahmen; z. B. wird keiner von uns mehr allein bleiben. Außerdem haben wir nun eine Alarmanlage im Auto. Vielleicht sind es sonst beim nächsten Mal die Bremskabel?! Lange TV-Abende auf der Couch, mal ein Gläschen Wein zum Verwöhnen, im Kamin prasselt ein anheimelndes Feuerchen...

Da Spätherbst ist, ist in Bielefeld auch schon Weihnachtsmarkt. Dieser hat eindeutig mehr Ess- und Trink-Stände als Kunsthandwerk oder was immer auf Weihnachtsmärkten angeboten werden sollte, aber er ist doch relativ stimmungsvoll. Mein Herz hängt seit frühester Kindheit an Schoko-Bananen. Ist irgendwo Weihnachtsmarkt, Kirmes oder ähnliches – ich brauche meine Schoko-Banane. Daher bin ich sehr traurig, dass es zu gefährlich ist, wenn wir uns in die Altstadt begeben. Aber die Lösung ist, wie so oft, Brigitte. Sie erklärt sich bereit, einen Abend auf unsere Hunde aufzupassen. Wir wissen, dass sie die drei mit ihrem Leben verteidigen würde und lassen sie guten Gewissens bei ihr. Denn die drei ganz allein zu lassen, kommt unter den gegebenen Umständen ja nicht in Frage.

Auf dem Weihnachtsmarkt strebt Michael die Pommesbude an. Diese ist immer sehr stark belagert und während ich an meiner Schoko-Banane knabbere und an meinem Orangenpunsch nippe, ist es geschehen! Wir haben uns verloren. Wie dumm! Ich sollte doch nicht allein durch die Gegend laufen – aber auf einem überfüllten Weihnachtsmarkt: Was soll da schon groß passieren?! Außerdem wird er ja gleich wieder zurück sein. Ich warte zwischen zwei Geschäften in einer kleinen Seitengasse, von wo ich einen guten Überblick habe und auf mich aufmerksam machen kann. Interessiert beobachte ich das Treiben, sehe mir die Lichter an.

Und dann gehen auf einmal die Lichter AUS! Sprichwörtlich. Will heißen, dass ich glaube, einen Schlag auf den Kopf bekommen zu haben. Das nächste, was ich weiß, ist, dass mir eine Gruppe besorgter Menschen hilft, aufzustehen, und ein Mann, der mir vage bekannt vorkommt, sagt: „Du warst wohl leicht benommen! Ist alles wieder in Ordnung? Brauchst Du einen Krankenwagen?" Anscheinend kennt er mich auch. „Nein, alles in Ordnung..." sage ich verwirrt. „Danke."

Offenbar von dem Menschenauflauf angezogen, kommt Michael und staunt mal wieder nicht schlecht, dass ich der Mittelpunkt der Aufregung bin. Nachdem er aus Fragmenten zusammengesetzt hat, was geschehen ist, rufen wir die Polizei. Natürlich weise ich auf den Vorfall mit meinen Reifen hin – auf einen Besuch in der Ambulanz des Krankenhauses verzichte ich. Anschließend gehen wir Richtung Straßenbahn, um wieder nach Hause zu fahren und auf einem Weg die Hunde bei Brigitte abzuholen. „Kann man mit Dir nicht einmal zum Weihnachtsmarkt gehen, ohne dass gleich die ganze Welt auf uns aufmerksam wird?!" zischt Michael verärgert, während wir auf die Straßenbahn warten. Jetzt bin ich etwas gekränkt: Immerhin habe ich mir nicht selbst eins über den Schädel gehauen!

Als wir die Ereignisse Brigitte erzählen, sieht das wohl sogar mein Göttergatte ein. Eigentlich wollten wir von Brigitte aus nach Hause laufen. Es sind von der Otto-Brenner-Straße nur ungefähr drei Kilometer, also ein Abendspaziergang. Aufgrund meiner Kopfschmerzen beschließen wir jedoch, uns fahren zu lassen. Auch Brigitte fällt kein Mensch ein, der für das „Attentat" auf mich in Frage käme.

Den nächsten Tag nutze ich zum Ausruhen und Kurieren meiner Kopfschmerzen. Ich bin ziemlich angenervt. So was wirft mich aus meiner Routine und das hasse ich wirklich. Nachmittags beschließe ich: Genug ausgeruht! Es ist schon lange Zeit für einen längeren Gassi-Gang und wir beschließen, nach Eckardtsheim zu fahren, und an der abgebrannten Kinderpsychiatrie zu laufen, von der man sagt, es spuke dort. Hört sich spektakulär an, ist es aber nicht. In Wirklichkeit hat man dort seine Ruhe und trifft kaum jemanden. Einen Geist haben wir noch nie dort gesehen und rechnen auch nicht damit. Also ziehen wir fünf los. Inzwischen dämmert es. Wie erwartet ist alles wie ausgestorben. Außer Rehen, die uns ärgern, weil die beiden Windhunde sich in die Leine hängen, ist dort niemand. Ja, wir haben sie auch gesehen. Nein, wir wollen sie nicht jagen.
Auf dem Rückweg sehen wir in dem Gebäude, in dem früher die Kinderpsychiatrie war, Licht. Und ein Gesicht! Man wird es kaum glauben, aber es ist wieder die Maske des Horror-Clowns! Mir fährt der Schreck in alle Glieder und ich zeige: „...da...!" Ja, da. Und nun?! Wir kennen uns in dem Gebäude nicht aus, es ist

einsturzgefährdet und es gibt unzählige Versteckmöglichkeiten. Guter Rat ist teuer. Normalerweise wäre die Dunkelheit ja auch ein guter Verbündeter. Aber wollen wir riskieren, dass einer der Hunde in eine Glasscherbe tritt oder in etwas, was sonst noch auf dem Boden liegen könnte?! Also der Kompromiss: Ich warte mit den Hunden am Vordereingang, Michael sieht sich hinten um, wo der Clown vermutlich eher rauskommen wird..

So stehe ich dann im dunklen Wald, keine Menschenseele weit und breit, Zweige knacken, Steine knirschen. Geräusche überall. Waren da gerade Atemzüge zu hören? Etwas streift mich – aber es war nur eine Hufeisennasenfledermaus.

Und dann sehe ich im Gebüsch wieder diese Fratze! Steht da und starrt mich an. Ich spüre den Hass, der von dieser Person ausgeht. Auch die Hunde haben sie nun wahr genommen und schlagen an, während ich schreie: „Hier – da ist der Sack!" Poltern, scheppern, knallen – endlich stürmt Michael um die Ecke, eine Taschenlampe mit integriertem E-Schocker griffbereit. „Wo?" „Na, da!" Ich zeige auf das Gebüsch. Natürlich ist der Clown längst verschwunden. Während wir die letzten Meter zum Auto laufen, erzählen wir uns gegenseitig, was wir gesehen haben. Michael wenig außer Müll und Dreck, kaputten

Scheiben, abgebrannten Gebäudeteilen. Ich den Horror-Clown. Zufall? Oder hat derjenige uns so genau beobachtet? Jetzt ist sicher: Er hat es auf die Hunde und mich abgesehen. Aber warum? Kennst Du das Motiv, kennst Du den Täter. Was für ein Motiv kann jemand haben, mir – und vor allem den unschuldigen Hunden – etwas anzutun? Hat Wilbert jemanden angesprungen und eine Jacke ruiniert? Hat Manu an einen Baum uriniert, der daraufhin eingegangen ist? Hat Acaro jemandem einen Apfel aus der Hand gestohlen? Die unwahrscheinlichste Variante: Bin ich jemandem auf den Schlips getreten? Vor zwei Wochen waren wir in Köln in einer Rock-Show. Nach dem Auftritt habe ich den Sänger zur Seite genommen, einer der Idole meiner Teenager-Zeit, und ihn gefragt, ob die fünf Pizzen, die er in Pappschachteln in der Hand hielt, alle für ihn seien. Das sei nicht ratsam, man sähe das Hüftgold doch deutlich. Die ROLLING Stones gäbe es ja wohl schon. ...aber wie wahrscheinlich ist es wohl, dass mich Sebastian Bach verfolgt, weil ich ihm gesagt habe, er sei zu dick geworden?! Nein. Das ist wohl kaum der Fall... Außerdem habe ich trotz allem Autogramm und Küsschen bekommen, aber das nur bescheiden am Rande...

Als wir am Auto ankommen, treffen wir auf einen alten Bekannten – den Mann, der sich mit der Gruppe Menschen auf dem Weihnachtsmarkt um mich gekümmert hat und der mir bekannt vorkam. Jetzt weiß ich auch, warum. Er führt einen Dackel an der Leine. Natürlich! Auch ihn kenne ich von der Hundewiese. Kein regelmäßiger Besucher dort mit seinem Dackelchen, aber bekannt genug, um wieder erkannt zu werden. Wir grüßen uns und er fragt mich: „Na, wieder in Schwierigkeiten?" „Nein, warum?" „Na, die scheinen bei Euch doch überhand zu nehmen in letzter Zeit! Gestern auf dem Weihnachtsmarkt und vorgestern Deine Reifen?!" Moooment – woher weiß der von meinen Reifen? Ich werde misstrauisch. „Woher weißt Du von meinen Reifen?" „Gerüchteküche Hundewiese. Wo spricht sich etwas schneller rum?!" Ein Punkt für ihn. Mein Misstrauen kann es aber nicht ganz zerstreuen. Mir war er auch immer nur halb-sympathisch. Wir verabschieden uns rasch, und ich grübele weiter. Irgendwas ist in meinem Hinterkopf. Den Rest des Abends verbringen wir vor dem Kamin, schauen uns eine Aufzeichnung von Rock in Rio an (Pigeons of Shitmetal, äh, Eagles of Death Metal ziehen ihre miserable Show in die Länge – Schnelldurchlauf; endlich: Guns n' Roses) und kuscheln uns mit den Hunden zusammen.

Den Abend verbringe ich in der Badewanne, denn meine Seele schreit förmlich nach einer Entspannung. Und wie könnte man sich besser entspannen als von warmem Wasser umschmeichelt und von duftendem Schaum umgeben?! Ich liege und lese einen uralten Krimi-Schinken. ...plötzlich klopft es ans Fenster, das sich genau über mir befindet. Und siehe da – schon wieder die Clownsfratze! Ich schreie erschreckt auf - „Schaaatz – Hiiilfe! Der Clown ist am Fenster!" Michael stürzt sofort zur Haustür. Aber er ist schon wieder verschwunden! Der Kerl ist ja nicht zu fassen! Allerdings hat er uns ein „Souvenir" an der Haustür gelassen: Sie ist mit einer roten Farb"bombe" bespritzt worden. Sogar die Überreste des Luftballons liegen noch dort. Michael holt sich Einweghandschuhe und tütet alles ein, um die Sachen morgen zur Polizei zu bringen. Wir haben keine Ahnung, ob irgendwelche Spuren gesichert werden bei einer solchen „Lappalie", aber immerhin ist das nur ein Vorfall von vielen. Und einige der Vorfälle waren keineswegs harmlos.
Den folgenden Tag bringen wir ohne große Vorkommnisse hinter uns. Für den Abend haben wir unseren Gassi-Trupp eingeladen. Wir gehen diesmal über Brainstorming hinaus, da ich den Dackel-Besitzer

mit den Vorfällen in Verbindung bringe. Immer nur zur rechten Zeit vor Ort zu sein, erscheint mir doch etwas weit hergeholt.

Während wir gemeinsam Wein schlürfen, geröstetes Brot und Käsewürfel dazu snacken (die meisten Käsewürfel wandern in die Bäuche der anwesenden Hunde), überlegen wir, in welchen Zusammenhängen wir auf den Typen mit dem Dackel gestoßen sind. Fiel er positiv oder negativ auf, habe ich ihn verärgert? Welche Verbindung gibt es? Uns fällt einfach nichts ein. Okay, er lief eine Weile mit einem Kumpel herum, der einen jungen Dogo Argentino hatte. Der Typ mit dem Dogo Argentino tauchte irgendwann nicht mehr auf. Schade, der kleine Große hat gern mit unseren Flitznasen gespielt. Man denkt ja häufig nicht, dass die Bullrassen so freundlich sind, aber bis auf eine gewisse Grobmotorik sind sie absolut angenehm und grundgutmütig. Ansonsten können wir den Dackel-Halter wirklich mit nichts in Verbindung bringen.

Da uns nichts Besseres einfällt, können wir nur abwarten, was geschieht. Hilflos und ausgeliefert. Zumindest ist das unsere erste Überlegung. Die zweite dagegen ist mir persönlich sympathischer... Wir klügeln einen Plan aus.

Für den nächsten Abend haben wir einen Ausflug

geplant. Mit der ganzen Gruppe und noch einigen Helfern. Wir fahren zur Schwedenschanze und zwar in getrennten Autos.

Unsere Hunde und ich beginnen, den unteren Weg, der zu einem Großteil aus Matsch besteht, zu wandern. Es ist bereits dunkel. Kaum ein Geräusch außer Käuzchen, Rascheln von Rehen und mal das Aufflattern eines Vogels. Angespannt wandern wir. Werden wir meinen Stalker heute ausschalten können?

Wir kommen an einem Bauernhaus mit einem armen Hofhund vorbei. Danach an einem Haus mit großer Zwingeranlage. Bedauern macht sich in mir breit. Diesen unverstandenen Kreaturen würde ich gerne helfen...

Nach einer Weile sind wir auf dem Rückweg.

Und siehe da: Mein „Freund", der Horror-Clown zeigt sich! Er kommt auf mich zu. „Endlich erwische ich Dich allein, Du Miststück!", zischt er mich an. Ich lasse Manu, Wilbert und Acaro von der Leine. Sie kennen den Weg zum Auto und könnten somit fliehen. Natürlich finden sie es witziger, in Gebüschen zu stöbern.

Ich bleibe stehen, wo ich bin, lasse den Clown herankommen. Meine Hände umklammern in meiner Tasche ein Fläschchen Pfefferspray. Wird es etwas nützen? „Wer sind Sie? Was wollen Sie von mir?"

„Dich und Deine Köter kalt machen. Besonders Deine Köter! Ihr habt mir meinen Hund versaut und jetzt räche ich mich an Euch! Wegen Dir ist mein Hund ein Weichei geworden! Nur wegen Dir musste ich ihn abgeben! Das ist alles Deine Schuld! Ich bringe Dich um, und vorher schlitze ich Deine verdammten Köter auf!"

Leider weiß ich überhaupt nicht, was er meint, abgesehen davon, dass er gewalttätig ist. Die Stimme kommt mir allerdings bekannt vor. „Sie verfolgen mich, zerstechen mir die Reifen und schlagen mich nieder, weil ich Ihren Hund versaut habe? Was habe ich Ihrem Hund denn getan?" vergewissere ich mich noch einmal. „Das weißt Du doch ganz genau, Du Schlampe!" Er hält mich fest. Und hat ein Messer in der Hand. Es piekst mir in die Seite.

Aus den Augenwinkeln sehe ich, dass wir von sechs Menschen und fünf Hunden umstellt sind. Leise und still sind sie von Nebenwegen und aus Büschen gekommen. Mich überläuft es eiskalt. Denn…

…zwei fehlen… Es müssten sieben Hunde sein… Wo ist Wilbert? Und welcher Hund fehlt noch?

…und dann kommt er angeschossen. Springt bellend an dem Horror-Clown hoch. Mit im Schlepptau seine Freundin Lana, Brigittes Hund. Damit hat der Clown nicht gerechnet. Er verliert das Gleichgewicht. Ich nutze die Gelegenheit und ziehe ihm zusätzlich die Beine weg.

Der Mensch-Hund-Kreis kommt näher. Karls kantiger Hovawart Raylo steht knurrend vor dem Clown, Nadine und Ronnie haben alle Mühe, ihre Schäferhündin Cleo zu bändigen. Michael hält den Clown fest, Karl hält seinen Kopf und Elke zieht ihm die Maske vom Gesicht. Man siehe und staune – den Menschen kennen wir! Er ist der Kumpel von dem Dackelchen-Halter, derjenige, der einen jungen Dogo Argentino hatte. Der Hund war sehr nett, der Typ war uns weder positiv noch negativ aufgefallen. Ging halt ordentlich mit seinem Hund spazieren, schön im Auslaufgebiet unterhalb der Sparrenburg. Alles andere hat uns nie wirklich interessiert. Offen gestanden wirkte der Herr immer ein wenig tumb auf uns, obwohl er – wenn man dem Statement seines KfZ-Kennzeichens Glauben schenken kann, einen IQ von 169 hat. (Sein Nummernschild lautet Bielefeld IQ 169.)

Wir rufen die Polizei. Seinen Wortwechsel mit mir hat Brigitte auf ihrem Smartphone aufgenommen. Da sie gut und flexibel mit technischen Geräten umgehen kann, fiel ihr die Aufgabe zu.

Nach und nach erfahre ich – erfahren wir alle – warum mich dieser Soziopath gestalkt hat. Er hatte sich einen jungen Dogo Argentino angeschafft. Dieser war sehr lieb und freundlich und spielte häufig mit meinen Hunden. Ein paar Tage war er sogar bei uns in Pflege, da Sven Silberfisch (Besitzer des Dogos) zusammengeschlagen worden war während wir unsere Runden drehten, und ins Krankenhaus gebracht wurde. Für mich war es keine Frage, mich des Dogos erst einmal anzunehmen, da Silberfisch keine Familie hat und der einzige Freund der Dackel-Besitzer ist, dessen Dackel im Haus unverträglich mit Artgenossen ist. Bei uns lernte er offenbar erst gemütliche Hundebettchen kennen und Sofa kuscheln. Da er genau wie meine auch kein Unterfell hat und ihm offenbar kalt war (er bibberte), vererbte ich ihm einen Mantel von einem unserer Hunde. Da er etwa im Alter meines Wilbert und meines Acaro war - in etwa ein Jahr, als wir ihn das letzte Mal sahen, hatte er sich dem schlappohrigen, treuherzigen, nicht halb so großen, aber um Jahre älteren Manu untergeordnet und sich seinen Anweisungen gefügt. Ein normal sozialisierter Hund. Und genau das passte Sven Silberfisch nicht! Er wollte einen gefährlichen Dogo Argentino! Da sich herausstellte, dass er sowieso von Geschäften außerhalb der Legalität lebt (ein kleiner Gauner, aber immerhin saß er bereits einmal im Gefängnis), sollte sein Hund gefährlich sein, Eindruck machen und ihn verteidigen. Diesem seltsamen Menschen hat niemals jemand gesagt, dass Hunde, die einen lieben und die auf freundschaftlicher Basis mit ihren Menschen leben, immer für ihr geliebtes Herrchen oder Frauchen einstehen werden! Denn so ist es.

Der Dogo Argentino wurde von Sven Silberfisch ins Tierheim gegeben, denn er machte keine Anstalten, endlich ein gefährlicher Hund zu werden. Im Gegenteil – er war und blieb menschenfreundlich. Silberfisch war der Lude einiger Damen in der Naharyastraße, und ihnen wollte er mit seinem Dogo Argentino Respekt (oder wohl eher Angst) einflößen. Aber diese wurden von dem netten Hund nur freudig begrüßt und bekuschelt. Gerade mit Frauen hatte er ja gute Erfahrungen gemacht. Und uns gab Sven Silberfisch die Schuld. Eine „Schuld", die ich gern mit mir herum trage. Meine Hunde spielten mit ihm, Silberfisch nahm Manu übel, dass er als älterer, weiserer Hund das Sagen hatte und ein gewisses Vorbild war. Natürlich ist der Dogo Argentino im Tierheim wesentlich besser dran und die Chance auf ein gutes Zuhause endlich gegeben. Niemand sollte je ein Tier als Waffe missbrauchen!

Seit „der Pleite" mit dem Dogo Argentino hat sich Sven Silberfisch zwei English Bulldogs geholt. Diese durften nie auf die Hundwiese und mit anderen Hunden spielen. Sie wurden per Zufall gefunden,

lebten isoliert ohne Umwelt- und Sozialkontakte in seinem Keller. Dort wurden sie auf Laufbändern trainiert, sollten scharf gemacht werden. Zum Glück wurden sie dort herausgeholt und die Tierschützer gehen davon aus, dass sie mit Geduld und Liebe nette Hunde werden und in gute Hände vermittelt werden können. Einem der beiden hat er übrigens aus Frust den Kiefer gebrochen... Sinnloser- und verbotenerweise hat Sven Silberfisch den beiden die Ohren kupieren lassen, damit sie „gefährlicher" aussehen. Er hat den Namen des Tierarztes verraten; er sang wie ein Vögelchen, als er einmal aufgeflogen war. „Nicht grade wie ein Fuchs so schlau", trällerte Brigitte, „und jetzt geht er wieder in den Bau!"
Sein Kumpel, der Dackelbesitzer hat übrigens auch eine kleine Rolle in dem Geschehen gehabt, seine jeweilige Anwesenheit war kein Zufall. Er hat nämlich geholfen, mich im Auge zu behalten, und Silberfisch wurde durchgehend informiert, wo ich mich gerade aufhielt.

Solange solche Gestalten durch die Gegend laufen – und auch Tierärzte sich für derartige verbotene Machenschaften hergeben – gibt es für uns noch viel zu tun... Trotzdem sind wir alle erleichtert, dass die Geschichte ein gutes Ende genommen hat und bei uns wieder normaler, langweiliger Alltag einkehren kann. Langweilig? Wann war es je langweilig bei uns...

Eins darf ich anmerken: Natürlich wohnte Silberfisch, bis zu seinem Einzug in die Justizvollzugsanstalt, in Gadderbaum! Wo wohl sonst?!

Auf Europa-Tour

Schweißüberströmt stehe ich vor der Bühne und erwarte aufgeregt den Auftritt meiner Lieblingsband: Pistols and Tulips. Seit Kindesbeinen liebe ich die Jungs. Dann... Grelle Lichter blinken und Gitarrist Splash erscheint auf der Bühne. Er quält die ersten Töne von „Hooray in the Streets" aus seiner Les Paul. Die restlichen Musiker – Scruffy (Bassist), Frizzy (Rhythmus Gitarre), Stephen (Drums) und Jizzy (Keyboards) kommen auf die Bühne. Schließlich erscheint wie ein rothaariger Kistenteufel Bill! Ich freue mich und lächle (meiner Meinung nach) verhalten. „Dieses Mega-Watt-Lächeln hast Du immer nur, wenn Du Bill siehst!" zieht mich mein Ehemann Michael auf. Sofort bekomme ich ein schlechtes Gewissen. „Oh, und wenn Wilbert mit seinem Welpenblick schaut und Manu mit seinen großen Äugelchen..." „Keine Sorge, auch wenn die Hunde Dich ansehen, hast Du das drauf", beruhigt er mich. Ich bin erleichtert und genieße nun jede Sekunde der Show. Sie haben es noch immer drauf! Seit der Gründungsphase von Pistols and Tulips haben sie sich in mein Herz gespielt. Deutsche Wurzeln, aber eine echte LA-Band, wo sie auch seit Jahrzehnten leben.

Nun sind sie auf Europa-Tour und ich bei einem der ungezählten Auftritte, die ich bereits mit ihnen erlebt habe. Im Anschluss darf ich – ich – einen Bericht über ihre Tour schreiben. Das ist einfach unglaublich für mich, und ich wäre beinahe restlos glücklich – wenn ich meine Hunde und meinen Mann nicht in Bielefeld lassen müsste... Aber drei Hunde im Tourbus?! Keine gute Idee. Mein Herz ist ein wenig schwer, andererseits – welche Autorin bekommt schon die Chance, über die Band, die sie, seit sie 13 Jahre alt ist, anbetet?!

Nach der hervorragenden Show gehen wir zum Buffet, das aufgefahren wurde. Auch Scruffy, Frizzy, Stephen, Splash und Jizzy stärken sich. Bill macht seinem Ruf alle Ehre und hat sich erstmal hingelegt oder was auch immer. Er wird erst in den frühen Morgenstunden auftauchen. Bis dahin können wir hier nicht weg fahren. Vermutlich wird er essen, trinken und einigen geduldig wartenden Fans Autogramme geben. Er hat halt seine Eigenheiten, dieser William... Dafür war er heute nicht zu spät. Oder fast nicht. Eine halbe Stunde zählt nicht, wenn man dafür dreieinhalb Stunden Ekstase erlebt.

Leider muss mein Ehegespons sich nun verabschieden. Er kann nicht mehr auf Bill warten, da unsere Hunde allein zu Hause sind und ihren Pipi-Gang machen möchten. Unauffällig schiebe ich ihm drei Steaks, mehrere Sushi-Röllchen und Ei-Krabben-Cocktail in die Tasche, damit die drei auch was vom Abend haben. Während ich Michael zum Auto begleite, erläutere ich ihm noch einmal die Liste, die ich erstellt habe. Die Menge an Fertigfutter, die er und die Hunde zu sich nehmen sollten pro Tag (ja, Fertigfutter – gutes Fertigfutter ist wie eine Pizza für Menschen: macht satt und glücklich und ist gesund). Er nickt ergeben und denkt sich vermutlich „...als wenn ich nicht lesen könnte..." – aber sicher ist sicher. „Bitte gib den Dreien einen dicken Kuss von mir! Ich skype Euch jeden Tag an! Vergesst mich nicht!" Ich zupfe an meinem Ketten-Anhänger, in den ich noch fix eine Haarsträhne eines jeden meiner Hunde gesteckt habe, bevor ich sie verlassen musste. Es ist Sommer. Das werden sie verkraften. Michael steigt ins Auto, ich winke zum Abschied, bis er nicht mehr zu sehen ist und denke: „Was mache ich hier eigentlich allein?!"

Auf einmal höre ich lautes Jubeln am Backstage-Ausgang: Bill hat sich doch eher unter die Menschen bequemt. Auch die restlichen Member begeben sich unter die Leute. Scruffy tätschelt meine Schulter: „So ist mir immer zumute, wenn ich meine Frau und meine Kinder allein lassen muss... Man gewöhnt sich dran." Sofort fühle ich mich viel wohler. Die speckige Jeans-Jacke verströmt angenehm-rockigen Schweiß-Geruch, ich fühle mich aufgehoben und freue mich auf die weitere Tour.

Nach geschlagenen eineinhalb Stunden können wir Richtung Hotel starten und uns ausschlafen. Ausschlafen? Denkste! Um 5:30 Uhr klopft es an meine Tür und eine Stimme brüllt: „Wer kommt mit zum Eisen stemmen?" Ungläubigkeit bei mir. Das sind Rockstars! Sollten die nicht erst mittags aus dem Bett fallen??? Und Eisen stemmen? Nein danke! Aber das Klopfen ist so beharrlich, dass ich mir etwas Wasser ins Gesicht spritze, die Zähne putze und die Tür öffne. Schon habe ich verloren! Das wird als Einwilligung interpretiert. „Hast Du keinen Sportanzug mit? Egal, im Schlafanzug wird es schon gehen; wir sind ja unter uns!" Und ich werde mitgeschleift in einen Fitnessraum, den ich unter normalen Umständen nie betreten hätte.

Ich stelle mich auf ein Laufband – schließlich laufe ich täglich mit den Hunden, das sollte also kein Problem darstellen – und der Gedanke an einen Fencheltee hält mich aufrecht. Nach dem Training habe ich mir einen Croissant dazu verdient. Nun geht es zum Spinning.

Mit Schokolade. Danach noch Bankdrücken. Und ein Brot. Nun sind Sit ups an der Reihe. Kürbiskernbrot mit Käse. Und in den Tee Honig!

Endlich darf ich duschen und – na super! Das Frühstück verpasst, weil wir schon mittags in der nächsten Stadt sein müssen! Was??? Sind die noch richtig im Kopf? Im Bus bietet man mir großzügigerweise Leberwurstbrot an. Na super – ich bin Vegetarierin! Fängt ja toll an, die Tournee!
Auf meinem Sitz krame ich mein Handy hervor und beklage mich per What's App bitterlich bei Michael. Am liebsten würde ich die Zelte abbrechen und nach Hause fahren. Leider wird mein Schmollen durch Stephen unterbrochen, der soviel unkomplizierten Charme versprüht, dass ich leider nicht mehr beleidigt sein kann. Immerhin hat er mir einen Tee mitgebracht, denn der Bus enthält eine Kochnische mit Standard-Ausrüstung. Doug, der Manager, hat Mitleid und bringt mir etwas Zwieback, den er dort hervor gekramt hat. Beinahe bin ich versöhnt, denn ich könnte ein schlechteres Frühstück haben (z. B. gar keins).

Während Stephen mir Geschichten ihrer gemeinsamen Tourneen, Studioaufnahmen und Shows erzählt, merke ich kaum, wie die Zeit vergeht. Bald trudeln wir bereits am Zielort bzw. -Hotel ein. Nun heißt es schnell einchecken, Gepäck auf die Zimmer verteilen und zum Soundcheck. Wie aufregend ist das für mich! Gebannt höre ich Tönen, Stimmen, Quietschen und anderen mehr oder weniger angenehmen Geräuschen zu. Nach dem Soundcheck kommt der Caterer und die Support-Band darf ihre Instrumente, Technik und Stimmen checken. Hört sich nicht schlecht an, aber davon durfte ich mich ja auch schon während der Show am Vortag überzeugen.

Anschließend beginnt die Warterei, da sich eine Fahrt zum Hotel zurück nicht lohnen würde. Warum eigentlich nicht?! Bill ist berühmt-berüchtigt dafür, seine Fans regelmäßig warten zu lassen. Allerdings hat der Veranstalter angeblich einen Vertrag mit Konventionalstrafe abgeschlossen, dass eine Verspätung nicht länger als eine Stunde betragen darf. Also pünktlich für Bills Verhältnisse. Eigentlich wäre ich gern im Stadion, um die Vor-Band rocken zu sehen. Aber ich bin ja dabei, um zu dokumentieren, also schaue ich mir an, womit die Herren sich vor einem Auftritt beschäftigen. Frizzy darf nicht angesprochen werden, da er in eine Meditation vertieft ist. Bill hört Musik über Kopfhörer und schlägt sich den Bauch weiterhin voll. Splash fummelt an seinen Gitarren herum. Stephen nervt alle mit kindischen Witzen und Jizzy und Scruffy sind verschwunden. Brav notiere ich mir alles.

Die Show lasse ich mir selbstverständlich nicht entgehen. Zufrieden registriere ich, dass die Band-Fotografin, Cat Bernstein, viele Fotos schießt. Sicher lässt sich einiges an Material für mein Buch verwenden.

Auch hier nach der Show das gleiche Spiel wie am Vortag – Buffet, warten auf Bill, Rückfahrt ins Hotel, schlafen! So ein Leben als Rockstar ist furchtbar anstrengend, und ich fühle mich schon unglaublich abgeklärt und mega-cool.

Am nächsten Morgen „überhöre" ich das energische Klopfen, um sich im Fitness-Raum abzuquälen, indem ich den Kopf unter dem Kissen vergrabe. Natürlich kann ich danach nicht wieder einschlafen. Zum einen hat die Klopf-Orgie mich geweckt und zum anderen komme ich mir unhöflich vor. Wer glaubt denn schon, dass ich noch schlafe und das Geböller nicht gehört habe?! Aber die Zeit ist trotzdem ein Gewinn, denn ich kann in Ruhe aufstehen, lange duschen – und ein Frühstück zu mir nehmen.

Hier bleiben wir noch einen Tag länger, da Pistols and Tulips einige Interviews und Foto-Shootings haben.

Wie aus den übernächtigten alten Männern fotogene Rockstars werden weiß ich nicht.

Ich selbst verbringe den Tag mit Sightseeing, zu dem mich einige Crew-Mitglieder begleiten. Erfreut bin ich, dass die Fotografin Cat sich uns angeschlossen hat. Vielleicht überlässt sie mir einige schöne Schnappschüsse? Die hart arbeitenden Roadies nutzen den Tag zum Nichtstun.

Als wir einen Tag später die neue Location erreichen, beschleicht mich ein ungutes Gefühl. Wahrscheinlich kommt es daher, dass ich tagelang keinen Hund geknuddelt habe, dass keine nasse Nase meine Hände stupst, dass mich kein Guten-Morgen-Schmuser weckt... Das vermisse ich. Sogar in meine abgelatschten Jack Wolfskin-Klamotten und Gummistiefel zu steigen. Hier darf ich mich bekleiden wie ein zivilisierter Mensch – Jeanshosen ohne Pfotenabdrücke, keine derben Schuhe, sogar Nagellack ist mal wieder angesagt, da mir keine Hundeleinen über die Nägel schrappen und sie abbrechen. Das ist mein Leben – das Leben, das ich mir ausgesucht habe – und ich gehe davon aus, dass ich mich deshalb unwohl fühle. Später werde ich das anders sehen...

81

Am Buffet schlage ich nur lustlos zu. Ein Sektchen – aber auch der heitert mich nicht auf. Die Show heitert mich auf. Bill ist wie ein Feger und rast wie ein Derwisch, tanzt wie ein Schamane, und die anderen sind einfach megacool! Ich weiß, warum ich die Jungs liebe und zugesagt habe, Biografie und Tourbericht zu schreiben!

Aufgekratzt treffen wir alle zusammen, um noch auf Bill zu warten – wie immer, noch einmal das Buffet aufzusuchen und die Fans zu treffen. Danach soll es ins Hotel gehen. Alles wie gehabt also. Doch einer erscheint nicht... Douglas Goldwing, der Manager der Band. Wir warten und alles Fragen bringt nichts. Niemand kann sich erinnern, wann er oder sie Douglas Goldwing das letzte Mal gesehen hat. Letztlich fahren wir ins Hotel in der Hoffnung, dass er noch auftaucht oder aus irgendwelchen Gründen bereits dort ist.

Natürlich ist Goldwing noch nicht im Hotel. Und nun kommt die Herausforderung: Wer erledigt den Check-in?! Die Band-Member haben noch nie selbständig in ein Hotel eingecheckt. Es ist putzig mit anzusehen, wie ein paar Multimillionäre ratlos dort stehen und nicht wissen, wie man eine Hotel-Anmeldung erledigt. Schließlich erbarmt sich die Band-Fotografin.

...und siehe da – sie hat vom Rezeptionisten einen Brief bekommen. Zumindest ein Schreiben. In dem Umschlag ist ein Foto enthalten. Darauf ist eine Gestalt aus Steinen, die in sich gekauert ist. Darauf steht gedruckt „Wenn Ihr den Bastard wiedersehen wollt, bringt Ihr dorthin 1.000.000 €. Morgen mehr Anweisungen."

„Wir müssen die Polizei verständigen!", sage ich entschlossen. „NEIN!", kommt es wie aus einem Munde von allen Band-Mitgliedern. Natürlich wird der Entführer bzw. werden die Entführer auf die schlechten Erfahrungen der Musiker mit der Justiz gebaut haben. Manches kann man sicher kalkulieren wie das Wort „Yeah" in einer Rock-Show.

Gemeinsam setzen wir uns in eine der Suiten und beratschlagen, was zu tun ist:

1. Herausfinden, wo das Monument sich befindet. – Es kommt mir vor, als wäre es mir bereits häufiger „begegnet".

2. Das Geld besorgen. – Normal zahlen die

werten Herren immer mit Kreditkarten und man muss ihnen erklären, wo sie Bargeld herbekommen.

Es wird eine lange Nacht. Alle sind in Sorge, und dem Rätsel, wo sich das Monument befindet, kommen wir nicht auf die Spur. Während wir das Bild betrachten, kommen wir zu dem Schluss, dass es kein Engel, sondern eine Frau ist, die fotografiert wurde. Und sie hat eine Art Harfe in der Hand, die sie über ihr Bein gelegt hat und stützt den Kopf in ihre andere Hand. Also doch kein Engel. Im ersten Moment gingen wir davon aus, das es sich um eine Friedhofsskulptur handelt. Auf den zweiten Blick ist das nicht mehr so klar.

Irgendwann fallen wir dann doch in unsere Betten. Uns ist klar, dass wir jetzt ohnehin nichts tun können und unsere Kräfte dringend benötigen werden. Nicht nur, dass Douglas aus den Fängen eines oder mehrerer gemeiner Entführer befreit werden muss – irgendwer muss auch die Tour weiterhin managen! Denn ein Ausfall würde Millionen von Kosten verursachen! Keine Vorstellung für einen normalen Menschen, der im

Krankheitsfall zum Arzt geht und sich einen gelben Schein abholt!

Dankenswerterweiser bollert niemand morgens in aller Herrgottsfrühe an die Türen, um alle zum Fitness-Quälen zusammenzutreiben. Nein, diesmal wird in aller Herrgottsfrühe an meine Tür gebollert, damit ich behilflich bin, ein Geldinstitut zu finden. Himmel – das kann doch wohl nicht so schwer sein! Nicht einmal für einen unselbständigen Rockstar, der nur musizieren und Hotelzimmer zerlegen kann!
Offenbar ist das aber doch eine große Herausforderung, so dass ich mich erbarme und mit einem Kaffee für den Weg mitgehe. Natürlich muss diese enorme Summe bestellt werden. Dummerweise geht es gleich weiter in die nächste Stadt. Gut, dann müssen wir eben mehrere Geldinstitute aufsuchen. Es dauert eine Weile, da Frizzy, der die Aufgabe übernommen hat, das Geld abzuholen, sich natürlich überall legitimieren muss. Der Rest hat die Aufgabe übernommen, unauffällig in der Nähe der Rezeption zu bleiben, falls die angekündigten Anweisungen auftauchen. Vielleicht kann man sogar sehen, wer dafür zuständig ist?
Letzteres ist vergebene Liebesmüh: Als wir in den Tourbus steigen, um weiterzufahren, prangt in der

Lounge des Busses ein Zettel mit der Anweisung „03. Juni. 2:00 Uhr." Ein Blick in den Tourplan verrät etwas, was bei mir den Groschen fallen lässt: Es ist das Konzert in Paris. Und was sagt uns Paris?! Der berühmte Friedhof Père Lachaise ist dort. Und dort habe ich – und Milliarden anderer Menschen – die Frauenskulptur gesehen! Welches Grab genau das ist, weiß ich nicht. Aber ein Blick ins Smartphone und Tante Google klärt uns auf – es ist das Grab von Fréderic Chopin. Aber zum Teufel – ist das makaber! Wie dem auch sei, wir müssen uns den Anweisungen fügen. Bis dahin müssen alle gute Miene zum bösen Spiel machen und die folgenden Tage und Shows absolvieren. Hier zeigt sich, wer Profi ist.

Zu meiner Schande muss ich gestehen, dass sich in mir ein wenig Jagdfieber ausbreitet. Wer hat Douglas Goldwing entführt und warum?! Derjenige muss ja nahe an der Band sein, wenn er die Venues kennt und Zugang zum Bus hat. Den Tourplan zu kennen ist ja keine große Kunst, da dieser in Musikmagazinen, auf der Homepage der Band sowie in Ticket-Verkaufstellen veröffentlicht ist.
Ich beschließe, unauffällig Fragen zu stellen. Quasi als kleiner Nebenjob neben dem Schreiben. Da es als Schriftstellerin unerlässlich ist, Fragen zu stellen,

hoffe ich, dass es nicht allzu sehr auffällt, wenn ich die ein oder andere in Bezug auf Douglas Goldwing setze. Fast bedaure ich, dass das Rätsel um das Monument so einfach war. Okay, der/die Entführer musste(n) nur mit Musikern rechnen, nicht mit einer Schriftstellerin! Wobei man für Musiker doch besser das Grab von dem hochverehrten Jim Morrison auf dem Foto verschickt hätte...

Eine Frage drängt sich mir auf: Die Post liefert laut eigener Aussage innerhalb von 24 Stunden innerhalb Deutschlands aus. D. h., die Entführung war gut geplant und kein Zufall, denn der Brief musste ja einen Tag vorher aufgegeben worden sein. Aber warum wurde der Brief verschickt und die anderen Anweisungen in den Bus gelegt? Interessante Frage... Der Poststempel ist eher nichtssagend. Irgend so ein Dörfchen, das kaum auf einer Landkarte zu finden ist und 200 km vom gestrigen Standort der Band entfernt. Immer tiefer versinke ich in meine Grübeleien. Mit wem kann ich meine Schlüsse teilen? Es kann jeder Anwesende an der Entführung beteiligt sein, denn es wird sicherlich kein Einzeltäter gewesen sein.

Meine Fragerei ergibt u. a., dass Douglas Goldwing, der früher Manager der Band war, erst jetzt wieder für

Pistols and Tulips tätig ist und längere Zeit für die Konkurrenz Weirdy Crew. Tw. sind die Musiker gut befreundet. Nur unter den Sängern gab es häufig Ärger. Bill und Vaughn Veil haben sich sogar mal geprügelt. Beleidigungen über die Presse sind an der Tagesordnung. Nun, ich werde sicher nicht eine meiner weiteren liebsten Bands – Weirdy Crew – verdächtigen, ihren Ex-Manager entführt zu haben. Welchen Grund sollte es auch geben?! Sicher ist der Posten nicht unwichtig und eine Vertrauensstellung, aber auch hier wechselt man mal.

Während die Show läuft, bin ich diesmal ein wenig abgelenkt. Zwar rufe ich mir ins Gedächtnis, dass ich wohl nicht so schnell wieder mit auf Tour bin und jeden kostenlosen Gig genießen sollte. Trotzdem lassen sich Gedanken nicht so einfach abstellen. Daher halte ich per Skype Rat mit meinem Angetrauten. „Hallo Schatz", ich winke und schicke ein Luftküsschen. Natürlich hören auch unsere Hunde meine Stimme und drängen sich um den Laptop. „Hallo, Puuupsbäckchen!" gurre ich begeistert. Sie wedeln erfreut und Manu gibt dem Laptop einen Schleck. Der Tag ist gerettet! „Du kannst Dir nicht vorstellen, was hier passiert ist..." beginne ich und erzähle die ganze Geschichte sowie meine Gedanken dazu. Gemeinsam fachsimpeln wir ein wenig. Schließlich sind wir beinahe Kriminologen, oder etwa nicht?! Aber auch Michael kann sich nicht vorstellen, wer mit dieser Entführung zu tun haben sollte, nachdem ich ihm einen Überblick über die Beteiligten gegeben habe. Wobei so eine Tour-Staff einfach zu groß ist, um jeden in Betracht zu ziehen. Instrumenten-Techniker, unzählige Roadies, Security (wie überaus nützlich!) und ähnliche Wasserträger... Vielleicht werde ich der Lösung des Rätsels nie auf die Spur kommen. Irgendwann verabschieden wir uns. Die Jungs wedeln bei meinen Luftküsschen und springen fast in den Laptop.

Drei Tage später erreichen wir Paris. Die Stimmung ist angespannt und nervös. Frizzy ist es mit meiner Unterstützung gelungen, das Geld in verschiedenen Geldinstituten zusammenzutragen. Quälend lang erscheint heute die Zeit bis zur Show. Auch diese wird keine Glanzleistung. Alle geben zwar ihr Bestes, aber auch Rock-Musiker sind eben nur Menschen. Ich stelle weiterhin Fragen, z. B., ob das Verhältnis zwischen Band und Manager nicht durch den vorherigen Wechsel belastet war. Oder das Verhältnis zu Weirdy Crew. Wie es privat mit Douglas Goldwing steht – Ex-Partnerinnen oder –Partner. Kinder, ehelich, unehelich. Geschwister mit Neid-Faktor.

Keine Anhaltspunkte, die eine Entführung logisch erklären würden.

Endlich – die Schlussakkorde. Mit einem „Good-bye Paris" verlässt das Sextett die Bühne. Das Buffett bleibt größtenteils unberührt. In einem Glas liegt ein weiterer Zettel: „Nur Bill und Splash, sonst keiner". Niemand muss rätseln, was damit wohl gemeint ist...
Inkognito, mit angeklebten ZZ Top-Bärten, schwarzen Anzügen und Melonen auf dem Kopf – wie unauffällig! – machen die beiden sich auf den Weg zum Friedhof Père Lachaise. Hoffentlich finden sie den Friedhof – und sind in der Lage, ein Ticket für die Métro zu ziehen! Soll ja ähnlich kompliziert wie Bankgeschäfte sein...
Da ich, wie erwähnt, im Jagdfieber bin, gehe ich auf einem anderen Weg zum selbigen. Die Neugier ist der Katze tot, sagt man, aber ich halte das für überzogen! Zügigen Schrittes laufe ich durch die Stadt und durch kleinere Nebenwege gelange ich in die Nähe von Fréderic Chopins Grabmal. Beim Überklettern der ca. 2 m hohen Mauer habe ich mir natürlich meine gute Jeans zerrissen! Na super! Das auch noch! Aber da der Friedhof abends abgeschlossen ist, hatte ich keine andere Wahl, als mir die Kleidung zu ruinieren.
Die altehrwürdigen Skulpturen und Gräber – manche

ins Kitschige gleitend – wirken in der Dunkelheit teilweise unheimlich.

Ich kauere mich im Windschatten des Grabes des Journalisten Victor Noir zusammen, welcher in direkter Nachbarschaft zu Chopin ruht. Natürlich bin ich ein wenig eher dort als Bill und Splash, die nicht wissen, dass ich mich auf den Weg gemacht habe. Momentan ist jeder verdächtig. Daher habe ich eine gewisse Wartezeit. Meine Füße sind kalt. Ich bin müde. Die Abendkühle kriecht höher und ich fröstele immer mehr. Wer kommt schon auf die Idee, dass man im Juni in Paris erfrieren kann?!

Irgendwann trudeln die beiden ein. Ein wenig lächerlich sehen sie aus in ihrer Verkleidung. Aber mit einer Traube Fans im Schlepp kann man kaum zu einer Geldübergabe gehen, die im Zwielicht stattfindet und unentdeckt bleiben soll. Die beiden legen ihre Tasche mit dem Geld hinter den kleinen Zaun, der Chopins Grabmal umrahmt. Aus einer Vase zieht Splash einen Zettel. „Verdammt noch mal!", flucht er und hält Bill den Zettel hin. „Kann ich nicht lesen, habe keine Kontaktlinsen drin", sagt Bill. „Hier steht drauf: ‚Ihr findet den alten Bastard dort, wo mein Herz liegt'" liest ihm Splash vor. „Sollen wir jetzt den Leichnam schänden und das Herz raus reißen?" „Nein, stopp, das muss noch eine andere Bedeutung haben", hält ihn Bill auf, als Splash Anstalten macht, den Eingang zur Gruft zu öffnen. „Am besten nehmen wir den Wisch mit ins Hotel; vielleicht hat jemand eine Idee, was das bedeuten könnte. ...notfalls setzen wir diese Schriftstellerin drauf an. Schriftsteller wissen, wie man recherchiert und sie wusste sogar, wie man Bargeld abholt", sagt er voller Hochachtung. Das ist zwar die kleinste Übung für einen normalen Menschen, geht mir aber trotzdem runter wie Öl. Wie war das noch?! Unter den Blinden ist der Einäugige König. Die beiden entfernen sich, und sobald sie außer Sicht- und Hörweite sind, muss ich mich auf schnellstem Wege ins Hotel machen, da niemand wissen soll, wo ich mich herumtreibe. Eine Gewissheit habe ich: Weder Bill noch Splash haben etwas mit der Entführung zu tun. Natürlich wissen wir nun nicht, von wem das Geld abgeholt wird und ob es überhaupt abgeholt wird. (Aber wer lässt schon eine Million freiwillig irgendwo liegen?!) Da ich aber pfiffigerweise eine Kamera auf dem Grab gegenüber angebracht habe, wissen wir morgen mehr...

Knapp vor den beiden erreiche ich unser Hotel. Alle warten gespannt und sind enttäuscht, dass Goldwing nicht mit von der Partie ist. Cat nimmt mich kurz zur

Seite: „Konntest Du die Kamera gut anbringen?" „Ja, ich denke, sie ist in einem guten Winkel versteckt." Die Fotografin hat Kameras in ihrem Repertoire und was hätte näher gelegen als sie zu fragen, ob sie mir eine leiht?! Nun setzen wir uns in einen Aufenthaltsraum, da das Hotel selbstverständlich komplett für die Band gemietet ist. Hier wird der Zettel, der in der Vase auf Chopins Grab lag, vorgelesen. „Hat jemand eine Idee, was das zu bedeuten hat?" Die Frage steht im Raum. Schüchtern lasse ich vernehmen (da ich auf dem kleinen Stück, das ich mit der Métro zurückgelegt habe, bereits Google befragt habe): „Soweit ich weiß, ist Chopins Herz in Warschau begraben. Eingemauert in einer Kirche." Bewundernd sagt Bill: „Ich wusste, dass jemand, der weiß, wie man Bargeld besorgt, über ein gesundes Allgemeinwissen verfügt!"Allgemeinwissen ist das nicht gerade und Bargeld von einer Bank abholen, stellt keine große Kunst dar, sofern man nicht dick in den roten Zahlen ist, aber gut... Da in drei Tagen ein Gig in Warschau geplant ist, heißt es nun, eine Karte zu besorgen und herauszufinden, wo sich die Heilig-Kreuz-Kirche befindet, in der Chopins Herz stilecht in Cognac eingelegt aufbewahrt wird. Ich melde ich freiwillig dafür.

Am nächsten Tag geht es weiter und ich muss mich um 6:00 Uhr zum Friedhof begeben und die Kamera abholen, um pünktlich am Tourbus zu stehen. Gespannt spiele ich die Übermüdete (was mir nicht schwer fällt) und schaue heimlich auf die Kamera. Mit zitternden Händen lasse ich das kleine technische Microgerät laufen. Werden wir den Entführer oder die Entführer überführen können?! Da - eine schwarz gekleidete Gestalt mit einer Sturmmaske vor dem Gesicht holt das Geld ab! Als hätte derjenige es geahnt, dass er gefilmt würde! Aber eine Sicherheit habe ich: Für eine Frau ist die Gestalt zu groß und zu muskulös. Es ist definitiv ein Mann!

Wir versuchen, auch die Tage hinter uns zu bringen. Weiterhin tauchen keine Verdächtigen auf der Liste auf. Entweder verbirgt sich der Entführer bzw. die Entführer so gut und ist/sind so gut auf seine/ihre Rolle eingestimmt, oder... Ein Verdacht macht sich in mir breit. Ich werde mit niemandem darüber reden, aber er manifestiert sich in mir. Daher beobachte ich die Roadcrew nun besonders gut... Interessant ist es, welche Beziehungsgeflechte sich untereinander ergeben, wer mit wem abhängt oder besonders vertraut ist. Auch wühle ich in meinem Hirn-Stübchen alte und neue Skandale der Band immer wieder durch –

und davon gibt es etliche! Vielleicht besteht da ein Zusammenhang?!

Am dritten Tag laufen wir in Warschau ein und halten als erstes an einem Büro der Tourist Information. Hier bekommen wir die uns so wichtige Stadtkarte.
Als es zum Soundcheck geht, ist ein Zettel auf Stephens Drum-Stick gespießt: „Heute um 2:00 Uhr dort, wo Chopins Herz liegt – nur Bill, Splash und Scruffy".
In der Pause erkläre ich den Dreien den Weg und gebe ihn zusätzlich in ein Smartphone-Navi ein. Es dürfte nichts schief gehen.
Auch diesmal ist die Zeit quälend lang; alle ackern sich durch die Show, knabbern ein wenig am Buffet – und los geht es endlich.
Ebenso habe ich mich auf den Weg gemacht, diesmal besonders vorsichtig, da ich davon ausgehe, dass mein Verdacht richtig ist. Und wenn, dann wird es ungleich gefährlicher als eine einfache Geldübergabe.

Angekommen am barocken Bauwerk verberge ich mich im Schatten. Schwarz gekleidet kann man mich nicht ohne Weiteres entdecken. Auch hier habe ich eine gewisse Wartezeit. Als die drei Musiker erscheinen und durch das Hauptportal gehen, schlüpfe ich nur

Sekunden später ebenfalls hindurch, in der Hoffnung, dass das Knarren der schweren alten Tür nicht zu hören ist. Auch jetzt sind die Rocker in dämlich wirkende, unauffällig-auffällige Mafiosi-Klamotten gehüllt. Sie setzen sich in die erste Bank und warten, damit ihnen ihr Manager übergeben wird.

Nach einer guten Viertelstunde wird Bill ungeduldig und beginnt, herumzumaulen. Ja ja, das Publikum ständig warten lassen und selbst nicht mal ein paar Minuten für hart arbeitende Kriminelle aufbringen! Das haben wir schon gerne! Seine beiden Kollegen, die ihn flankieren, versetzen ihm kräftige Rippenstöße und bedenken ihn mit bösen Blicken.

Schließlich sehe ich, die ich mich in einem Beichtstuhl verborgen halte, wie eine Gestalt sich von hinten heranschleicht an die drei Ahnungslosen. Die Gestalt zieht einen länglichen Gegenstand aus der Jacke und hält diesen Splash an den Kopf. Es wird wohl eine Pistole sein. „...und nun kommt Ihr alle drei fein mit auf den Turm!", sagt die von mir erwartete Stimme: die Stimme. Die Fotografin Cat Bernstein sowie der Roadie Jim Bernstein.

„Cat!" ruft Scruffy verwirrt. „Und... Jim? Du heißt doch Jim?" „"Du heißt doch Jim!", äfft Cat ihn nach. „Genau, wir sind es!" „Was hat das alles zu bedeuten?" herrscht Bill die beiden an. „Bleib friedlich, sonst spritzt Splashs Hirnmasse durch die heiligen Hallen! Ihr werdet alle mit uns auf den Turm kommen. Und unseren Anweisungen folgen! Sonst – peng!"

Leise schleiche ich in den Schatten irgendwelcher Heiligen-Figuren, als sich die Fünfer-Prozession zur Treppe wendet. Jim Bernstein hält Splash noch immer die Pistole an den Lockenkopf.

Wenn ich nicht schnell handele, hat die Welt drei musikalische Genies weniger. Ich schnappe mir eine goldene Marienstatue – und bin plötzlich in echten Nöten: Ist es echtes Gold? Wie sorgenfrei könnte ich mit einem solchen Kunstraub mit meinen Hunden leben! Oder rette ich lieber meine drei Lieblings-Rocker? Es ist entschieden: Auf leisen Sohlen bin ich hinter Jim. „Hey", zische ich. Leise, aber laut genug, damit er die Pistole milimeterweise von Splashs Kopf weg bewegt. Ich nutze den Überraschungsmoment und zimmer Jim die Marienstatue auf den Schädel. Der Mistkerl geht zu Boden. Cat dreht sich um – und wumms! Bill hat nur auf den Moment gewartet und ringt sie zu Boden. Dabei stößt sie sich den Kopf am Treppengeländer und sackt bewusstlos zur Seite.

Überrascht sehen mich meine drei Lieblingsstars an. „Ich habe auch Seile mitgebracht, damit wir die beiden fesseln können", sage ich völlig cool; innerlich jedoch stolz wie eine Löwin, die Beute erlegt hat.

„Aber... Woher wusstest Du...?!" stammelt Scruffy, während er mir hilft, Jim zu fesseln; die anderen fesseln Cat. „Nur ein Verdacht", erkläre ich ihm, „aber ein sehr starker Verdacht. Ich erkläre es gleich – oder vielleicht möchte sich einer von den beiden selbst äußern, sobald sie wieder wach sind. Hey, Bill – Du laberst so gerne: Ruf mal bitte die polnische Polizei an! Nummer 997! " Im Delegieren war ich schon immer gut.

Auf meine Finger schauend sehe ich übrigens, dass ich die richtige Entscheidung getroffen habe, denn die Statue färbt etwas goldene Farbe an meine Finger.

Wir verfrachten die Gefesselten auf eine Kirchenbank. Nach und nach kommen sie wieder zu sich, ein wenig benommen noch. Empört stellen die drei Cat und Jim Bernstein zur Rede, nachdem sichergestellt ist, dass die Polizei gleich eintrifft. Ich muss zwar ein wenig nachhelfen, aber dann kommen sie ins Reden. Mein Verdacht hat sich bewahrheitet: Für Cat und Jim sind ihre Jobs bei Pistols and Tulips nur Mittel zum Zweck, der da wäre Rache. In Kolumbien, Süd Amerika, wurde der Vater der beiden, ein Roadie namens Jeffrey Brownstone, von der Band, die damals noch hochgradig drogensüchtig war, los geschickt, um für Bill, Splash und Scruffy Drogen zu besorgen. Sie gingen sonst nicht auf die Bühne. Ein Millionenverlust –

also zog der treue und etwas naive Roadie los und wurde prompt erwischt. Er wurde zu zehn Jahren in einem kolumbianischen Gefängnis verurteilt, zumal er bereits selbst eine Linie Koks gezogen hatte. Niemand glaubte ihm bei der Gerichtsverhandlung, als er aussagte, die Drogen habe er für die Band-Mitglieder gekauft. Gute Rechtsanwälte gaben einfache Schriftsätze ein, die die Weste der drei weiß hielten. Der Roadie einer Rockband gehörte auch nicht zu den ersten Leuten des Staates denen man in einer Notlage hilft; er bekam also keinen Star-Anwalt von den USA gestellt und konnte auch keinen derartigen bezahlen. Bill, Splash und Scruffy waren der Ansicht: „Wenn der Trottel sich erwischen lässt, ist es ja nicht unser Fehler!" Tragischerweise überlebte Jeffrey Brownstone die Haft nicht.

Die beiden Bernsteins, die übrigens unter dem Namen ihrer Mutter lebten, Cat und Jim, sind seine Tochter, eingeschleust als Fotografin der Band, sowie sein Sohn, der ebenfalls als Roadie von ihm für die Tour eingeschleust worden war. Die beiden waren jahrelang ohne ihren Vater aufgewachsen und nur zu bereit, sich an den Musikern zu rächen. Geplant war, die drei mit Waffengewalt zu zwingen, vom Turm zu springen, damit der Tod der drei wie ein kollektiver Selbstmord auf Drogen aussah (Heroin hatten sie in fertigen

Spritzen mitgebracht) und die 1.000.000 € als „Prämie" zu behalten.

Wie sich der Verdacht in mir ausgebreitet hatte? Nun, zum einen kramte ich in meinem Kopf nach alten Bandgeschichten und –skandalen. Im Grunde hätte ich bereits beim sich beinahe selbst in Szene setzenden Grabmal von Fréderic Chopin auf dem Foto misstrauisch werden müssen, welches ja förmlich nach Profi-Fotograf stank. Außerdem bemerkte ich die enge Beziehung zwischen den beiden. Nachfragen ergaben, dass sie Zwillinge sind.

Douglas Goldwing lag übrigens versteckt in einem Hotelzimmer und war bereits von einer Dame, die in diesem Gebäude Zimmer stundenweise mietet, gefunden worden, weil es ihm gelungen war, an die Wand zu robben und mit den Füßen gegen die hellhörigen Wände zu treten.

Nun musste die Tour leider ohne Fotografin und einem Roadie weniger absolviert werden. Das Angebot Bills, für die Band künftig die Haus- und Hof-Pressesprecherin zu spielen („Du weißt sogar, wie man Bargeld abholt – so jemanden brauchen wir"), schlug ich aus. Vom Tour-Leben hatte ich genug und freute mich, meine Familie endlich wieder zu sehen und nach

Hause zu kommen. Michael, Manu, Wilbert und Acaro überraschten mich auf der letzten After-Show-Party, und ich war unendlich erleichtert, als sie mich in unseren Kombi packten und wir in heimische Gefilden aufbrachen. Auch Pistols and Tulips befällt wohl leise Erleichterung, nachdem Acaro das Tour-Buffet geplündert hat, Wilbert es lustig fand, die Strumpfbänder einer Stripperin fletschen zu lassen, permanent Bell-Anfälle bekam, wenn Splash sich zeigte und Manu mehrfach versuchte, Bills an die Handgelenke gebundenen Tücher totzuschütteln. Endlich geht alles seinen normalen Gang; endlich werde ich wieder von aufgeregten Fellnasen geweckt, begrüßt und kann mich mit meinem Ehegatten streiten wie ich will. ...aber natürlich freue ich mich auf jede Show von den Jungs, die ich weiterhin ansehen werde...

Karma

Gerade will ich mit meinen Hunden in den Mühlheimer Hundefreilauf, Auberg, gehen. Die Hand fast am Tor, halte ich entsetzt inne. Im Drahtzaun hängt ein Mann. Er sieht absolut schlaff aus, der Kopf hängt ihm am Körper herunter. Zudem ist er nackt. Mit den Hand- und Fußgelenken ist er in die Maschen des Zauns gebunden. Ich spreche ihn an: „Hallo? Kann ich Ihnen helfen?" Er antwortet auf die unintelligente Frage nicht. Also gehe ich zum Auto, setze Manu, Wilbert und Acaro hinein, nehme meinen Seitenschneider mit, den ich immer im Auto mitführe, und gehe zurück zu dem vermeintlich Bewusstlosen. Zuerst tippe ich ihn an, schüttele ihn sacht. Ich versuche, ihm ins Gesicht zu sehen und den Puls an seiner Halsschlagader zu fühlen. Dort ist nichts. Doch, eine Art Halsband mit einem Kasten dran. Als Hundefreundin erkenne ich mit Schaudern ein Teletac. Dieses ist dem Mann um den Hals gelegt worden. Er ist ganz kalt. Ihm kann ich wohl nicht mehr helfen. Also rufe ich den Notruf – Polizei.
Bis die Beamten eintrudeln, sitze ich wie erstarrt auf meinem Beifahrersitz, die Beine aus dem Auto gestreckt. Ich schaue immer wieder zu dem Toten. Habe ich etwa Angst, dass er plötzlich aufsteht und mich angreift?! Habe ich Angst, dass mich der

Gewalttäter, der ihn mutmaßlich getötet hat, noch einmal zurück kommt? Das Wetter passt zu meiner gedrückten Stimmung: Es ist diesig und beginnt zu nieseln.

Mit Erleichterung sehe ich, dass eine gute Bekannte eintrudelt, die den Fall offenbar bearbeiten wird. Ich bin beruhigt – endlich nicht mehr allein und ein vertrautes Gesicht. Manuela, Hauptkommissarin, spendet mir ein wenig Trost, bleibt aber sachlich, während sie mich befragt. Mein Blick gleitet immer wieder zu dem Toten. Verschämt sehe ich zur Seite. Seltsam, was einem in einer solchen Situation peinlich ist: zum einen ist der Tote nackt und zum anderen möchte ich ungern als sensationslüstern und allzu neugierig gelten. Mit halbem Ohr bekomme ich mit, dass der Mann Male am Körper hat, die den Polizisten zufolge wohl vom Teletac stammen. Allerdings muss der Gerichtsmediziner noch sein Urteil abgeben. Die Male waren mir auch schon aufgefallen, ich wusste nur nicht, ob es Ausschlag oder Verbrennung war.
Interessanterweise werden die Polizisten hektisch, nehmen den Leichnam vom Zaun und nach wenigen Minuten trudelt ein Krankenwagen ein. Offenbar ist der Mann am Zaun nicht tot, sondern nur bewusstlos. Ich bin sehr erleichtert, dass der fremde Mann eine

Überlebenschance hat.

Ich konzentriere mich auf Manuelas Fragen, während wir in meinem Wagenfond sitzen. Manu kuschelt sich auf meinen Schoß, Wilbert und Acaro stecken ihre Nasen nach vorne. Sie merken, dass ich erschüttert bin und Zuneigung brauche. Manuela ebenfalls. Sie steigt aus und holt mir einen Kaffee sowie einen Donut. Führen Polizisten Notfallausrüstungen mit sich? Sie seufzt: „Kaum verbringst Du ein paar Tage bei Deinem Vater, findest Du eine Leiche. Geht es auch mal ohne Aufregung?!" Sehr gerne hätte ich auf Aufregung verzichtet... Leider sucht der Ärger mich, ohne dass ich hinterher laufe.

Aus unserem Freilauf wird nun natürlich nichts, und ich fahre auf die Autobahn, um nach Essen-Überruhr zu gelangen. Wie Manuela feststellte, verbringe ich ein paar Tage bei meinem Vater. Ich habe an einem Schriftsteller-Seminar teilgenommen, welches in der Villa Hügel stattfand. Mal etwas anderes als eine Kunstausstellung. Sie haben dort sogar Zimmer für die Übernachtungsgäste gestellt und zunächst wollte ich meinem Vater nicht die Arbeit machen, uns zu beherbergen. Leider hat man uns am ersten Tag nach der Ankunft nahe gelegt, uns eine andere Unterkunft zu suchen, da Manu diverse Löcher in den Rasen im

Park gegraben hat, Wilbert und Acaro in die Villen-Küche einbrachen und – während ich im Eilschritt hinter ihnen her rannte (aber holen Sie mal Windhunde ein!) – sich am Abendessen gütlich taten. Also zog ich kleinlaut bei meinem Vater ein und pendelte täglich zwischen Überruhr und Bredeney. Ob die von Bohlen und Halbachs auch so pienzig waren?! Gestern ging das Seminar zu Ende und heute muss ich einen halbtoten Mann finden. Einen nackten halbtoten Mann. Einen nackten halbtoten Mann mit Teletac um den Hals im Hundefreilauf.

Da wir noch nicht gelaufen sind, lade ich in Überruhr meinen Vater ins Auto und wir fahren in den Freilauf in Hattingen. Dort erzähle ich, was geschehen ist. Was heißt geschehen?! Ich habe nur etwas gefunden. Natürlich war ich auf dieses Seufzen und den sorgen- bis vorwurfsvollen Blick seinerseits eingerichtet. Etwas mehr Verständnis hatte ich mir allerdings schon erhofft.

Nach dem Hunde-Toben fahren wir zurück und nehmen uns schnell etwas aus einer Imbissbude mit. Heute kochen?! Nein, danke! Während wir essen, ruft Manuela noch einmal an. Siehe da – der halbtote Mann entpuppte sich als Hundetrainer und liegt nun im Krankenhaus im Koma. Und das Verrückte?! Er hat(te) seine Schule in Essen; dem Drei-Tiere-Stadtteil:

Kupferdreh. Gar nicht weit von hier. Uns war der Trainer bisher kein Begriff. Seine Schule „Vier Pfoten für ein Hallelujah" hatte zwei Trainer; ihn und seinen Partner. Ein wenig neugierig werde ich – das wird noch mal mein Verhängnis werden.

Am nächsten Morgen grübele ich, während ich die Hunde ausführe und danach für uns alle Frühstück zubereite. Wie ferngesteuert fahre ich nach Kupferdreh. Eigentlich sollte ich mich aus der Angelegenheit heraus halten, wie ich es Michael gestern Abend am Telefon versprochen habe. Eigentlich...
Ich parke vor einer kleinen Holzhütte, die auf einem großen eingezäunten Grundstück ist. Nun, ein paar Stunden Hundeschule kann meiner Bande nicht schaden. Also betrete ich das Grundstück und klopfe an die Tür der Hütte. „Herein!", ertönt es. Ich öffne und innen steht ein großer blonder Mann mit eisigen blauen Augen. Er ist mir nicht besonders sympathisch, aber auch nicht komplett unsympathisch. „Hallo, ich möchte gern ein paar Stunden mit meinen Hunden nehmen!", beginne ich. „Welchen Ausbildungsstand haben sie? Wieviele sind es? Was für welche?" „Drei – ein Pointer-Sabueso-Mix, ein Magyar Agar und ein Galgo." Ich hoffe, dass er nicht weiter nach dem

„Ausbildungsstand" fragt. „Und können die Hunde etwas?" „Naja, das Übliche halt... Hier, Sitz, Platz, Fuß..." beginne ich. Er winkt ab, unterbricht mich: „Gerade hat ein Kurs begonnen. Mittwoch und Freitag findet er statt. Steigen Sie doch einfach noch ein. Es haben erst zwei Stunden stattgefunden." Ich willige ein und fülle mein Formular aus, zahle ein wenig zähneknirschend die Kursgebühr. Eine Hundeschule, von der ich nichts weiß?! Nun gut, wir können jederzeit wieder gehen. Die erste Stunde findet bereits heute Nachmittag statt, da Mittwoch ist. Ich frage mich, ob Bruno Bendis, der unverletzte Trainer, schon über den „Unfall" seines Kompagnons in Kenntnis gesetzt wurde. Ein wenig überrascht bin ich schon, dass die Schule geöffnet ist, ich bin nur auf gut Glück hingefahren. Würde man nicht unter solchen Umständen eine Stunde ausfallen lassen? Andererseits – wenn man selbständig ist, ist Zeit Geld. Trotzdem habe ich einen schalen Geschmack im Mund.

Voller Hochspannung warte ich auf den Nachmittag. Was mag mich in dem Kurs wohl erwarten? Werde ich Gerüchte aufschnappen, die ggf. zur Lösung des Falls beitragen?

Von Manuela kommt zwischenzeitlich eine Whatsapp: Benno Klein ist aus dem Koma aufgewacht. Er scheint allerdings an temporärer (?) Amnesie zu leiden. Das stelle ich mir grausam vor: Man weiß nichts über sein Leben, erkennt Verwandte und Freunde nicht wieder, weiß nicht, was man getan hat – und dazu die Angst, ob der Überfall, der ja mehr ein Mordanschlag war, wiederholt würde... Einfach schauderhaft!

Pünktlich trudeln wir in der Hundeschule ein. Meine drei Fellnasen gehen verhalten mit auf den Rasen, den Trainingsplatz. Außer uns findet sich eine kunterbunte Truppe ein: zwei Border Collies, ein Beagle, ein Deutscher Schäferhund, ein Malinois, drei Dackel und ein Labrador. Wie diese alle zusammen in ein Training passen, ist mir schleierhaft. Was ist das für ein Konzept?!
Es wird mit Obedience begonnen. Da es matschig und kühl ist, möchten meine kurzfelligen, wenig befellten Hunde sich nicht ins Platz legen, durchaus mit meiner Zustimmung. Immerhin sitze ich mit ihnen beim Tierarzt, wenn sie sich Blasenentzündungen holen. Mit gemischten Gefühlen sehe ich, dass die anderen Hunde – sogar der kurzfellige Beagle und die glatthaarigen Dackelchen – die Befehle ähnlich einem Kanonenschuss befolgen. Auch ihnen müsste das sehr unangenehm sein.
Die Stunde verläuft weiter und trotz einiger Kleinigkeiten schlagen wir uns gut. Der Kasernenton,

der dort an den Tag gelegt wird, schüchtert meine Jungs etwas ein. Da ich aber weiterhin freundlich mit ihnen spreche, erzielen wir recht gute Erfolge. Ich kann mich leider i nicht kompetent beherrschen, und böse Zungen würden behaupten, dass ich den Trainer etwas anzicke.

Nach der Stunde gehen die anderen Hundehalter spazieren. Wir möchten uns gerade anschließen, da nimmt uns der Trainer, Bruno, beiseite. „Ich kann Deine Hunde gern ins Internat nehmen, wenn Du willst, dass sie parieren. Mit Unterordnung scheint es bei Euch nicht zu laufen. Dabei brauchen die Hunde eine starke Hand, nur dann sind sie glücklich. Sie brauchen einen Führer." Ich unterdrücke mühsam, was ich auf einen solchen Quatsch normalerweise sagen würde. Da ich hier noch einige Schnüffelarbeit zu tun habe, bringe ich nur hervor: „Ich werde darüber nachdenken." Nun noch einen schönen Abend wünschen und schnell hinaus, sonst platze ich.

Gerade schaffe ich es noch, den Anschluss an unsere „Mitschüler" zu finden. Dass ich neugierig bin, verwundert niemanden. Ich äußere mich – zähneknirschend – lobend, dass die Hunde so gut funktionieren (wie kleine Roboter) und lobe scheinheilig das Konzept, das alle Sorten von Hunden durcheinander würfelt ohne Rücksicht auf Anlagen und

Wesenszüge. Zum Glück fällt niemandem auf, dass ich leicht zynisch bin, obwohl ich mir wirklich alle Mühe gebe. Lobpreisend singt man Lieder auf die beiden Hundeschulbetreiber. Als wir bei den Trainingshilfen ankommen, zeigt mir einer der Schäferhund-Halter einen Teletac, der unter einem burschikosen Halstuch versteckt ist. Auch hier muss ich meine Gefühle schlucken. Während ich innerlich verkrampfe und im Geiste bestialische Morde begehe, tue ich interessiert. Natürlich werde ich angehalten, darüber zu schweigen, da Teletac seit Jahren verboten sind. Aber „da ich ja nun dazu gehöre" und lt. Border Collie-Halter mir vermutlich ebenfalls zu diesen Methoden geraten wird „mit der Chaos-Truppe". Meine Hunde sind keine „Chaoten", sondern gehören zu den Rassen, die selbständig arbeiten und daher unsinnige Befehle durchaus in Frage stellen. Mit Druck erreicht man nichts bei ihnen. Übrigens gehören der Beagle und der Dackel ebenfalls zu diesen Rassen und früher auch einmal der Labrador. In mir steigt heiße Wut auf. Wissen die Leute nicht, was sie sich für Tiere angeschafft haben?! Das sie lebende Wesen führen?! Behandelt – bzw. MISShandelt man einen Freund mit Stromschlägen?!

Gegen Ende des Spaziergangs habe ich mich mit der Beagle-Halterin und dem Labrador-Halter für den nächsten Tag verabredet. Vielleicht kann ich mehr erfahren. Zwar gehen die Leute mir jetzt schon auf den Wecker, kann man nie wissen, wozu ein solcher Termin sich eignet.

Mit angestauter Empörung rausche ich bei meinem Vater an. Sofort wird eine Telefonkonferenz mit Michael geschaltet, und ich muss beiden die Geschichte nur einmal erzählen. Auch die beiden finden es unmöglich, was in dieser Hundeschule offenbar abläuft. Allerdings sind beide nicht einverstanden damit, dass ich mich in einen Mordfall einmische vor lauter Neugierde. Wobei sie allerdings meinen Kopf kennen sollten.

Nach dem Telefonat öffnen mein Vater und ich eine Flasche Wein und können das Thema ein Weilchen sogar vergessen. Von Manuela hat mein Vater – ganz im Vertrauen – erfahren, dass der Teletac manipuliert war, sonst wäre er nicht stark genug gewesen, einen erwachsenen Mann ins Koma zu befördern.

Am nächsten Tag nehme ich meine Gassi-Verabredung wahr. Jenny, die Beagle-Halterin, und Oliver, der Labrador-Halter, wären mir beinahe gar nicht unsympathisch – wenn ich nicht wüsste, was für einem Trainer sie vertrauen. Es stellt sich heraus, dass beide Ersthunde-Halter sind und anfangs ein wenig überfordert waren. An die Hundeschule „Vier Pfoten für ein Hallelujah" sind sie durch Empfehlungen geraten und halten die Art der Erziehung für richtig. Immerhin sind eine Menge Erziehungsstile und -methoden im Dschungel der Hundeszene unterwegs. Ich halte es immer noch für vernünftig, freundschaftlich und partnerschaftlich mit Hunden umzugehen. Vorsichtig bringe ich das Thema auf den schwer verletzten Partner, Benno Klein. Sukzessive quetsche ich Jenny und Oliver aus. Da ich dabei inzwischen geschickt vorgehe, bemerken sie gar nicht, dass sie mir viel erzählen. U. a. erfahre ich, dass im Internat der Hundeschule ein tragischer Todesfall statt fand und tatsächlich Hunde lebenslang dort bleiben müssen, weil sie für eine Rückführung in ihre Familie oder für eine anderweitige Vermittlung „zu aggressiv" seien. Sie bleiben dort, der Ex-Halter zahlt für Unterkunft und Versorgung. Das erstaunt mich, denn sie müssen ja vorher auch irgendwie gelebt haben. Wer hat diese angebliche Aggressivität verschuldet? Der Züchter bereits? Was für Elterntiere haben diese bedauernswerten Hunde? Was ist mit ihren Geschwistern? Liegt die Schuld bei der Familie? Welchen Hunden kann ein kompetenter Trainer nicht mehr helfen? Sind sie bereits dem Ordnungsamt aufgefallen? Fragen über Fragen, die es zu klären gilt. Vielleicht verrenne ich mich ja auch in etwas und der Fall ist persönlicher Natur. Aber wenn es um Tiere geht, muss ich zugeben, dass ich mich persönlich verantwortlich fühle und somit immer weiter angestachelt werde.

Sonnenklar ist natürlich, dass ich keinesfalls je einen meiner Hunde in ein Internat geben würde – wobei das von vorneherein niemals angedacht war. Ich werde immer Kontrolle und Verantwortung für die Erziehung meiner Hunde behalten. Mit aller Kraft werde ich zu verhindern versuchen, dass ihnen je im Leben ein Härchen gekrümmt wird.

Viel zu grübeln bis zum nächsten Termin. Dieser findet am nächsten Tag statt. Es gießt aus allen Wolken. Prima. Manus und Arcaros Lieblingswetter. Dick in Wachsregenmäntel gehüllt wollen sie nicht einmal aus dem Auto steigen. Ich mühe mich ab und überlege bereits, ob ich die Stunde mit Wilbert allein absolviere, da taucht Bruno auf: „Probleme? Brauchst Du Hilfe?" „Nein!", blaffe ich genervt und mit Entsetzen vor Augen, wie seine „Hilfe" wohl aussähe. Endlich lässt Manu den Türrahmen, in den er seine Pfoten gestemmt hat, los. Nun flutscht auch Arcaro hinterher. Da ich nun zuviel Schwung habe, falle ich über Wilbert und lande im Matsch. Hervorragend!

Meine Laune hebt sich um mehrere Grade!

Auf zur Hundestunde. Alle anderen sind bereits versammelt. Ich habe eine Yoga-Matte unter den Arm geklemmt. Man sieht mich entgeistert an: „Was hast Du damit vor?" „Für Platz. Damit sie sich nicht auf den kalten nassen Boden legen müssen." Abgesehen von mir beim Aussteigen. Schallendes Gelächter. Die halten das für einen Witz! Hat vielleicht auch nur ein einziger mal gesundheitliche Probleme gehabt durch den Unsinn, den sie dort veranstalten?!

Auch diese Stunde vergeht nicht ohne Kasernenton. Und obwohl ich auf das Knallen eines Teletacs achte, höre ich keins. Die Dinger scheinen wohl nur im Einzelunterricht zum Zuge zu kommen.

Am Ende der Stunde gehe ich wieder mit der mir unheimlichen Gruppe kleiner Robo-Dogs spazieren. Die Autos haben wir bei „Vier Pfoten für ein Hallelujah" stehen lassen.

Während ich nach dem Spaziergang meine Hunde einpacke, sehe ich, wie Bruno mit einer hübschen blonden, etwas künstlich aussehenden Frau, spricht. Ich nähere mich, mit der Ausrede auf den Lippen, die Toilette benutzen zu müssen. Die beiden wirken sehr vertraut. Gerade bekomme ich noch mit, wie Bruno sagt „….die Bullen wissen nichts von uns beiden…". Was soll das heißen?! Eigentlich kann es nur bedeuten, dass die beiden ein Paar sind, aber die Polizei aus irgendwelchen Gründen keinen Wind davon bekommen soll. Warum? Heutzutage darf doch wohl jeder seinen Partner wählen, wie er möchte. Oder ist das Blondchen Benno Kleins Frau? Alles ist möglich. Die beiden bemerken mich und sehen ein wenig ertappt aus. „Toilette… Möchte nicht stören…" stammele ich peinlich berührt.

Anschließend setze ich mich ins Auto und dampfe ab. Während der Fahrt beschließe ich, zwischen den Trainingsstunden ein wenig herum zu schnüffeln. (Was für ein böses Wort!) Es kann nicht schaden, wenn ich mich mal umschaue, was dort abgeht. Die Trainingsmethoden sind mir absolut unsympathisch – wären sie jedem echten Tierfreund. Allein aus diesem Grund lohnt es sich vermutlich schon…

Bei Kaffee und selbstgebackenem Bananenkuchen setze ich meinen Vater über die Entwicklung in Kenntnis, wir lästern ein wenig über die Hundehalter und bedauern die Hunde. Meinen Entschluss, die Hundeschule genauer unter die Lupe zu nehmen, findet er nicht gerade vernünftig, hat aber Verständnis dafür. Wir sehen beide gerührt, wie sich Wilbert vertrauensvoll ankuschelt, Manu und Acaro sorglos schnarchen. So sollte sich jeder Hund fühlen bei seinem Menschen und nicht voller Angst! Wenn hier unlautere und illegale Trainingshilfen bewiesen werden können, muss das getan werden, damit ein wenig mehr Leid aus der Welt geschafft wird – und zwar dringend!

Morgens bringen wir beim Morgen-Gassi unsere Gespräche mit anderen Hundehaltern auf die Hundeschule „Vier Pfoten für ein Hallelujah" und die beiden Trainer, Bruno und Benno. Fast alle haben von dem Überfall auf Benno gelesen. Den meisten sagen die Namen ansonsten nichts. Eine weitere Person hat von ihnen gehört, aber nichts Konkretes. Es hilft nichts – ich muss mir selbst ein Bild machen und Beweise besorgen, dass dort mit Starkzwang gearbeitet wird.

Also sattele ich die Hühner und fahre zur Schule. Ich vergewissere mich, das mich niemand sieht und hört. Es wirkt alles so normal. Erschreckend normal. Der Hundeplatz liegt verlassen da. Ich bewege mich auf dem Gelände und etwas abgeschottet entdecke ich den Zwingertrakt. Ich hoffe sehr, dass die Hunde, die mich entdeckt haben, nicht bellen. Aber Fehlanzeige! Im Gegensatz zu den meisten, die in freudige

Erregung oder warnendes Bellen verfallen würden, wenn sie einen Menschen wahrnehmen, liegen diese Hunde nur – in meinen Augen – apathisch in der Ecke. Keiner von ihnen sieht besonders gut aus – einige sind verletzt, einer hat kahle Stellen im Fell, Narben scheinen auch an der Tagesordnung zu sein. Mir persönlich sagt das schon eine Menge, aber natürlich reicht das nicht aus als Beweis, dass hier etwas nicht stimmt.

Auf einmal – oha, Stimmen! Und zwar Bruno, der Trainer, und „sein" Blondchen. Ich verdrücke mich in eine Ecke neben den Zwingern, um nicht gesehen zu werden. Was sollte ich schließlich sagen, was ich hier tue?!

Die beiden holen einen English Pointer aus einem Zwinger. Dieser hat seine Rute ängstlich eingeklemmt und geht eingeschüchtert neben Bruno her, kriecht fast auf dem Bauch. Der geht auf den Trainingsplatz mit diesem Vertreter der so gutmütigen Rasse. Auch die Blonde assistiert nun. Auf dem eingezäunten Grundstück wird – ich traue meinen Augen kaum – ein Kaninchen frei gelassen! Das weiße, gut zu erkennende Tier, schnobert aufgeregt. Wittert es Erbfeind Hund? Wie unverantwortlich... Der Pointer hebt eine Pfote, steht vor. Als das Kaninchen los hoppelt, löst Bruno den Karabiner der Leine. Das Kaninchen wird mutiger, der Pointer rennt los. Es knallt, der Pointer zuckt und jault. Er hat einen Stromstoß abbekommen. Der Trieb jedoch ist stärker und er läuft wieder los – ich selbst versuche, das Ganze mit der Smartphone-Kamera zu filmen. Wieder ein Knall. Diesmal krampft der Pointer auf dem Boden zusammen – vermutlich war der Stromstoß noch stärker als der vorige. Er zittert und kauert sich apathisch zusammen. Leider kann ich ihm (noch) nicht helfen. Auf das von Bruno gerufene „Hier" kann er gar nicht reagieren, aber bei der „Befehlsverweigerung" knallt ein dritter Stromstoß. Hilflos und mit Tränen in den Augen stehe ich da und kann nicht glauben, wie grausam manche Menschen sind. Alles in mir krampft sich zusammen, ich unterdrücke Aufschreien, Schluchzen – und zu dem armen Hund zu laufen und ihn aus den Fängen dieser Bestien zu reißen!

Da ich genügend Beweise auf dem Smartphone habe, möchte ich eigentlich zum Auto gehen und die Polizei bemühen. Aber ich kann nicht ungesehen aus meinem Eckchen verschwinden. Bei jedem Knallen habe ich bemerkt, dass der Hund, der im Zwinger am nächsten zu mir sitzt, zusammenzuckt; er uriniert unter sich. Ihnen allen scheint die Misshandlung nicht fremd zu sein.

Nach qualvollen zwanzig Minuten sind wir beide erlöst,

der arme Pointer und ich. Ich fühle mich erschöpft und habe Herzstiche, als hätte ich die Misshandlung selbst abbekommen. Wie muss sich der arme Pointer fühlen?!

Mir kommt der Gedanke, dass vielleicht jemand seinen Hund gerächt hat, weil er mit dieser Behandlung nicht einverstanden war und Benno Klein seinerseits mit dem Teletac gefoltert hat? (Denn für mich steht fest, dass der im Krankenhaus liegende Partner nicht ahnungslos sein kann.) Aber warum wurden Bruno und seine Partnerin dann nicht angegriffen? Ich wäre ehrlich geneigt, in einem solchen Fall zu hoffen, dass der Täter davon käme... Wer Wind sät, wird Sturm ernten. Die Saat der Gewalt. All diese Zitate schießen mir durch den Kopf.

Die Kunst-Blondine - wie ich sie nenne - heißt Barbara, bekomme ich mit. Sie packt drei der Hunde aus dem Zwinger in ihr Auto, einen weißen Lieferwagen ohne Scheiben hinten. Es sind drei sehr kleinlaute, schüchterne, arme Kreaturen. Alles Mischlinge – ein unter normalen Umständen sicherlich lustiges graues Flusentierchen, eine plattnasendominierende Mischung und ein Jagdhundmix.

Ich beschließe spontan, noch hinter Barbaras Lieferwagen her zu fahren, bevor ich die Hundeschule, oder Tier-Folterkammer, melde. Sie kennt weder mich noch mein Auto, was von Vorteil ist. Außerdem habe ich ein schlechtes Gefühl, dass sie die Hunde mitnimmt. Sind es ihre? Leider konnte ich vorhin nicht viel verstehen, da ich ja kaum nah an die beiden ran gehen konnte.

Wir fahren und fahren und landen schließlich in Heiligenhaus. Dort hält Barbara an einem verfallenen, aber dennoch unauffälligen Hof an. Ich selbst parke im Schutz eines Waldweges und hoffe, ungesehen auf den Hof zu kommen.
Nachdem ich durch den steinernen Torbogen gegangen bin, fahre ich zusammen. Beinahe hätte mich ein kräftiger Typ mit Glatze gesehen, hätte ich mich nicht so fix in den Schatten einer Scheune zurück gezogen. „Neue Sparringpartner?" grinst er. Barbara nickt. Die drei verschüchterten Hunde, werden brutal aus dem Wagen gezerrt und in ein steinernes Gebäude gebracht. Sparringpartner... Ich habe eine Befürchtung, aber kann das wirklich sein?! Mir ist schlecht und ich bin zittrig auf den Beinen. Aber es geht kein Weg daran vorbei – ich muss hinter die Vorgänge kommen, sonst kann ich mein eigenes Antlitz nicht mehr im Spiegel ertragen.
Leise bewege ich mich auf dem Hof. Vorsichtig öffne ich eine Scheune, und dort sehe ich in winzigen Boxen,

was ich befürchtet hatte: Pitbulls, AmStaffs, BullStaffs und Bullterrier. Einige mit vernarbten Stellen, halb abgebissenen Ohren und Ruten, andere mit frischen Wunden. Mir wird das Herz schwer – und ich bekomme auch ein wenig Angst: Diese Kreise sind auch nicht gerade zimperlich mit Menschen, die zu viel erfahren haben. In der Regel bewegen solche Personen sich auch anderweitig im kriminellen Milieu.

Trotzdem kann ich nicht zurück, filme, fotografiere. Denn diese Hunde brauchen definitiv Hilfe. Zum Glück ist die Geräuschkulisse hier wohl normal und es ertappt mich niemand.

Langsam und vorsichtig stecke ich die Nase aus der Scheunentür. Als ich niemanden sehe, husche ich weiter und sehe mich um. In mehreren Löchern – Zwinger ist noch fast zu nett – sind Rassehündinnen mit Welpen untergebracht; einige ohne Welpen, dafür mit geschwollenen Gesäugen, die darauf hindeuten, dass auch sie am laufenden Bande werfen müssen. Welpenhandel ist ebenfalls ein widerlich dreckiges Geschäft: Die Eltern werden unter schlimmsten Bedingungen gehalten. Sie bekommen kaum das Tageslicht zu sehen, minderwertiges Zeug zu essen, das man kaum als Futter bezeichnen kann. Haben sie ausgedient, bringt man sie um. Die Welpen werden i. d. R. viel zu früh von der Mutter getrennt, sind nicht geimpft, nicht entwurmt, oft krank. Aus dem Kofferraum billig verscherbelt, können sie sich glücklich schätzen, wenn sie zu Menschen kommen, die viel Geld ausgeben, damit sie ihr weiteres Leben halbwegs gesund verbringen können. Ein „Groschengrab" bleiben sie meist ihr Leben lang. (Was ich den Leuten, die aus einer Billig-"Zucht" kaufen, gönne.)

Auch hier dokumentiere ich, so gut es geht. Die steinernen Löcher sind am Rande des Hofes zwischen Sichtschutzbrettern eingepfercht. Zu der Kälte, dem unbequemen Boden, der Enge, kommt die eintönige, geisttötende Aussicht auf eine Wand hinzu.

Eine Dalmatinerhündin steckt ihre Nase zwischen den Gittern durch. Obwohl ihre Erfahrungen mit Menschen sicher nicht die besten waren, bettelt sie um ein kleines bisschen Aufmerksamkeit. Einer ihrer Welpen liegt wie tot auf dem Boden. Ein weiterer humpelt. Allen läuft Schleim aus der Nase und die Augen sind verklebt, was auch bei den anderen Würfen Usus ist. „Ich werde Euch helfen", verspreche ich der Dalmi-Hündin und hoffe, das sie mich versteht und mir glaubt...

Mit diesem Fall fühle ich mich wirklich überfordert und versuche, den Hof so schnell wie möglich zu verlassen. Leider renne ich in einen dürren Mann mit stechenden Augen. Wenn ich nicht hier weg komme, wird diesen bedauerlichen Tieren vielleicht niemand helfen. ...und meine Hunde wären ganz allein... Aber da ich das Überraschungsmoment auf meiner Seite habe, stoße ich ihn um und renne, renne, renne – bis ich an meinem Auto bin, setze mich rein, fahre los. Mir fällt ein, dass ich ja keine Hausnummer habe. Ich fahre bis zum Straßenschild – das muss reichen – und rufe Manuela an, schicke ihr im Eiltempo per Whatsapp die Bilder und Filme der bedauernswerten Hunde. Sie versichert mir, das reiche, um einen Durchsuchungsbeschluss zu bekommen, und ein Trupp werde mit dem zuständigen Amtsveterinär kommen und die Hunde in Obhut nehmen sowie die Menschen überprüfen und verhaften. Hundekämpfe sind in Deutschland bzw. Europa verboten. Listenhunde ohne Genehmigung, Anmeldung, Wesenstests zu halten, ist ebenfalls verboten. Tiere nicht artgerecht zu halten, ist ebenfalls verboten. Irgend etwas reicht aus, um diesen Leuten die Tiere zu entziehen und ihnen Haltungsverbote zu erteilen. Hoffentlich kann ihnen noch mehr kriminelle Aktivität nachgewiesen werden, und sie fahren in den Knast ein. Aber das ist nicht mehr meine Angelegenheit, sondern die der Polizei.

Auch um Bruno und Barbara wird sich gekümmert

werden. Ich wünsche ihnen die Pest an den Hals.

Trotzdem ist noch nicht das Rätsel um Benno gelöst…
Ich weiß nicht, ob ich das noch lösen möchte. Wichtig ist, dass den Tieren geholfen wird. Ob ein mutmaßlicher Täter da nicht bekommen hat, was er verdient?!

Manuela ruft uns nach einem sehr harten Abend an und berichtet uns, dass die Hunde beschlagnahmt wurden (womit ich gerechnet habe). Einer der Verantwortlichen wurde auf frischer Tat erwischt, als er einen schwächlichen Hund mit einem der armen vernarbten Kampfhunde – denn für Hundekämpfe werden bzw. wurden sie missbraucht – in den Übungs-Pit gesperrt hatte und den Kämpfer auf den Chancenlosen gehetzt hat. Ob Letzterer durchkommt, weiß niemand. Auch ob die als Kampfhunde missbrauchten Wesen je ein normales Leben führen können, steht in den Sternen. Viele der Vermehrer-Garde sind schwer krank. Ein ganzer Käfig mit Katzen wurde gefunden, die offenbar als Futter dienen sollten. In diversen Zwingern fand man kleine Skelette. Möglicherweise ist hier ein Katzen-Verschwinden aus der Gegend aufgeklärt worden. Alle Tiere wurden beschlagnahmt, auf eventuelle Transponder und Tätowierungen untersucht.

Mein Vater und ich knuddeln meine drei Jungs, es ist so tröstlich, sie bei uns und in Sicherheit zu wissen. Ihr weiches Fell zu spüren, ihre klopfenden Herzchen zu spüren, zu sehen, wie sie ruhig atmen. Jeder Hund sollte es schön haben und in Sicherheit sein.

Ein heißer Fencheltee mit Honig belebt mich nach dem Schock wieder.

Nach und nach stellt sich raus, dass Benno und Bruno die Hunde nicht nur mit grausamen Methoden in ihrem Hunde-Internat gefoltert hatten, sondern dass auch einige als angeblich zu aggressiv offiziell bei ihnen blieben Die Halter überwiesen monatlich Unterhalt, in Wirklichkeit aber wurden die armen Tropfe als Sparringpartner geliefert.

Nachts weine ich heiße Tränen - vor Erleichterung, dass ich selbst unbeschadet aus dem Fall rausgekommen bin und aus Freude, dass nun für einige der Tiere eine Chance besteht, endlich ein richtiges Leben zu führen. Und ganz besonders weine ich um die, für die nie wieder etwas gut werden wird...

Da ich neugierig bin und hoffe, dass die „Schüler" ihre Gassi-Gänge beibehalten, begebe ich mich Mittwoch in Richtung geschlossener Hundeschule und hoffe, dort einige der Hundehalter zu treffen. Vielleicht sind ihnen die Augen geöffnet worden und sie holen sich

Rat bei wirklichen Experten. Trainern, die gut und sauber arbeiten.

Ich warte im Auto mit meinen Jungs. Und – Volltreffer! Die Schäferhunde, der Beagle und der Labrador werden ausgeführt! Ich schließe mich an und nehme die Gespräche auf. „Hätte man es für möglich gehalten?!" seufzt die Beagle-Halterin. Einer der Schäferhunde-Halter zuckt die Schultern. Man gibt sich betrübt und erstaunt. Der Labrador-Halter ist allerdings schweigsam. Vielleicht dämmerte es ihm bereits... Mit ihm verabrede ich mich für den nächsten Abend auf ein Bier bzw. einen Wein für mich. Wir treffen uns bei ihm, da niemand auf seine Hunde verzichten möchte und es oftmals schwierig ist, mit vier Hunden in eine Lokalität zu gehen.

Als ich bei Jockel, dem Hund, und Oliver ankomme, lade ich meine Hunde aus dem Auto. Jockel lässt sie problemlos hinein. Wir sitzen gemütlich zusammen. Natürlich ist die Schließung der Schule das Hauptthema und wir spekulieren noch ein wenig über den Anschlag auf Benno und seine darauf folgende Amnesie. Es tut gut, das aufzuarbeiten, indem man das bekakelt.

Auf einem Sideboard entdecke ich eine hübsche Frau, zusammen mit Jockel. „Deine Freundin?", frage ich harmlos. „Meine Ex-Frau. Ich rede nicht gern darüber." Aber er fährt trotzdem fort. „Sie hatte was mit Bruno. Für ihn hat sie mich verlassen. Tja, auch sie wurde dann von Bruno verlassen. Ich habe ihn ein paar Mal auf Tuchfühlung mit Bennos Frau gesehen." „...eine Blondine? Wirkt ein wenig wie Barbie und heißt Barbara?" „Genau." Nun ist mir klar, warum die Polizei nicht mitbekommen sollte, dass die beiden eine Affäre haben. Würde ein schlechtes Licht auf das Liebespaar werfen – und ein Mordmotiv würde sich heraus kristallisieren. Interessant…

Der Abend plätschert angenehm dahin. Irgendwann melden sich die Hunde, die zur Nacht ihre Blasen entleeren möchten. Ich nutze den Gang, um aufzubrechen.

Irgendwie komme ich nicht auf die Lösung des Ganzen. Im Grunde bin ich auch nicht mehr so stark interessiert. Benno war ein schlimmer Tierquäler, genau wie sein Kompagnon bzw. seine Kompagnons und seine Frau. Es ist einfach Karma, dass ihm Gewalt angetan wurde. In den Kreisen, in denen er sich offenbar bewegte, muss man auch mal sagen „wer die Gefahr sucht, kann auch darin umkommen". Es hat wirklich keinen Unschuldigen getroffen. Ich bin ganz ehrlich: Wäre er gestorben, wäre mein Tüte Mitleid nicht gefüllter als jetzt.

Da der Tierschutzverein, von dem Manu stammt, zu einem Jahrestreffen geladen hat, das in Datteln stattfinden soll, bleibe ich noch ein paar Tage. Michael kommt per Zug angereist, um uns zu begleiten. Mit drei Menschen und drei Hunden fahren wir gen Datteln.

Hier treffen wir Hunde, von denen Manu einige aus seiner Tierheim-Zeit in Spanien kennt; wir treffen seine Tierheimleiterin aus Andalusien; Hundefreunde unter sich fachsimpeln, scherzen, lernen sich kennen; Hunde spielen miteinander. Es ist ein großes Gewusel. Die Hunde sind friedlich miteinander, wie meist, bei so großen Hundetreffen.

Natürlich muss ich die Windhunde von den Ess-Ständen klauben – Acaro kann ich gerade noch einen griechischen Nudelsalat entreißen. Mir wird heiß und kalt – lauter Auberginen, Paprika, Tomate... Alles, was zu Nierenversagen führen kann. Ein Glück, dass noch mal alles gut gegangen ist!

Irgendwann vermisse ich plötzlich Manu. Er hat sich still und heimlich ein ruhiges Plätzchen gesucht, da ihm der Trubel nun auf die Nerven geht. Typisch für meinen kleinen Buddha. Er braucht einfach seine Auszeiten. Ihm kann ja nichts passieren, es ist alles gut eingezäunt. Trotzdem möchte ich natürlich wissen, wo er ist. Ich finde ihn zwischen zwei Bauwagen. „Na, mein Mausemann?! Hast Du die Nase voll vom Trubel?", flüstere ich und reibe zärtlich sein Schlappohr. Manu legt den Kopf auf mein Bein, während ich neben ihm knie. Wir genießen die Nähe des anderen.

Auf einmal spitzen sich meine Ohren wie von selbst, da ich höre, wie zwei Stimmen über das Thema der geschlossenen Hundeschule „Vier Pfoten für ein Hallelujah" sprechen. Natürlich, Datteln ist nicht sonderlich weit von Essen entfernt, und auch wir sind aus Bielefeld hier. Warum sollte es also ausgeschlossen sein, dass hier jemand diese kennt?!

„....und der Typ mit der Amnesie war doch der Trainer, der Deine Joy auf dem Gewissen hat?!" Die andere Stimme antwortet, wie es scheint, etwas unbehaglich: „Ja…" „Also, der hat das doch wohl so was von verdient, der Scheißkerl! Ganz ehrlich?! Ich hätte ihn an Deiner Stelle selbst mit Strom gebraten! Dir einen toten Hund vor die Tür zu legen, dem er quasi mit einem manipulierten Teletac das Hirn verschmort hat! Und dann zu behaupten, Joy sei Epilektikerin gewesen…! Das ist so was von gewissenlos! Ich verstehe nicht, dass Du den nicht wenigstens angezeigt hast!" „Es hätte wenig Zweck gehabt. Zumal die Strafen in Deutschland nicht sonderlich hoch sind. Hätte ich gewusst, das Joy nicht in guten Händen ist, während ich meinen Australien-Aufenthalt hatte... Ich hätte sie nie dortin gegeben." Die Stimme bricht leicht. „Na komm, lass uns noch was trinken gehen. Wo sind eigentlich unsere Hunde...?!" fragt die andere Stimme. „Geh Du schon mal vor, ich komme nach." Man hört, dass der zu der Stimme gehörige Mensch sich noch ein wenig fassen will. „Okay, ich sehe mal nach unseren Rackern... So wie ich Dich leiden sehe – ich hätte den Mistkerl echt selbst gefoltert, an Deiner Stelle..." Die Stimme entfernt sich. Ich höre es - während ich starr und erschüttert neben Manu sitze - erstickt und gebrochen flüstern „...und was glaubst Du wohl, was ich getan habe..."

Ich drücke Manu an mich, hoffe, mich nicht zu verraten. Mit meinem lebendigen atmenden tröstlichen Manu im Arm weiß ich: Nun bin ich Trägerin eines Geheimnisses, das ein Geheimnis bleiben wird. Wenn möglich, werde ich es bis ins Grab hüten. Denn ich kann den Menschen nur zu gut verstehen...

Nachwort:

Sehr geehrter Leser,

vielen Dank, dass Sie mein Buch bis zum bitteren Ende gelesen haben. Ich hoffe, es hat Ihnen amüsante Stunden bereitet.

An dieser Stelle möchte ich auch meinen geplagten Probe-Lesern und Lektoren danken! Vielen Dank, dass Ihr alle soviel Geduld habt!

Ich würde mich sehr freuen, wenn Sie, lieber Leser, auch meine beiden anderen Bücher, die ich im Herbst 2016 veröffentlicht habe, lesen würden:

„Einfach Hund sein – Geschichten und Anekdoten über meine Lakritznasen"

sowie

„Geschichten für kleine und große Menschen, die im Herzen jung sind".

Auch in den beiden stecken sehr viel Herzblut und Liebe.

Liebe Grüße
Sandra Terzenbach